魔豆

魔豆

LEGENDARY SIDEKICK
最強配角傳說
1
天罪 著
夜風 插畫

最強配角傳說 1

目錄

最強配角傳說
人物介紹
勇者系主角◇陸劍璃
十五歲覺醒前往勇者世界，能力優異但少根筋，距離討伐魔王還有漫漫長途。
配角◆申尚平
普通高中生，班上顏值最高的美少年。只想躺平，卻意外被捲入幻想戰爭。
魔法少女系主角◇李子璇
六歲覺醒成為使徒，除了練習打蟲，更要裝扮可愛，以符合魔法少女的特徵。

Chapter.0

嗨，恭喜！這裡有一個壞消息，以及一個好消息。

壞消息就是——你已經死了。

別太驚訝。你不是已經看過那個了嗎？那個就是你生前的記憶，也就是俗稱的「臨死前的走馬燈」。最後那一幕就是你的死法，既然都看過那個了，難道你以為自己還可能活著嗎？

啊啊，抱歉，我忘了。根據規則，你現在無法說話。

那麼，歡呼吧！你被選中了！接下來的好消息就是——你將成為使徒，代表我參加自由世界爭奪戰！

嘛，突然這麼說，你肯定搞不清狀況。放心，我會說明的。

首先，我是神。

嗯？不，我知道你有宗教信仰，不過那是你活著時的事，都已經死了，就別拘泥於那種無聊的東西了。如果你不想承認，把我當成惡魔、外星人，或未知生命體也行，我無所謂。

你知道平行世界嗎？

沒錯，就是那個平行世界，小說、漫畫、電影都提過的那種。

平行世界的數量幾近無限，只要某個時間點上的事件出現分歧，就可能形成新的平行世界。然後呢，由於各式各樣的因素，這些平行世界的發展也會變得截然不同。一開始人類明明只會鑽木取火，然後不斷分裂，最後變成各種莫名其妙的世界，例如人人都會搓魔法啦、開星際戰艦征服宇宙啦、用卡牌決鬥搞定一切啦……等等。

只不過，在無限的世界中，肯定有一些世界會具備相同的概念（*concept*）。這些世界互相吸引，彼此串連，形成叢集（*cluster*），最後變成一個完整的系統（*system*）。至於那些沒被納入系統的世界，就是所謂的自由世界。

每個世界系統都有一位像我這樣的支配者，也就是神，所以神有很多位。

然後，重點來了！

我們這些神呢，對於自由世界很感興趣，大家都想把它收入口袋，壯大自己司掌的世界系統。

既然大家都想要，免不了產生衝突，你覺得該怎麼辦？

打架……？

呃，抱歉，那種解決方式，只有低等生物會做。

答案是——建立一個競爭機制，大家在規則內各憑本事去搶。

我們這些神無法親自下場，因為我們的力量太強，要是我們出手爭奪，自由世界會被我們搞得四分五裂，所以我們會挑選代理人，也就是使徒，代替我們爭奪世界。

啥？最後還是要打架？你的思想未免太危險了吧？所以我說低等生物就是……算了，畢竟暴力也是解決衝突的手段之一，你或許也會遇到，所以不能完全說你錯。

決定勝負的方式很簡單，哪個使徒最先用自身代表的世界概念覆蓋掉自由世界，誰就是勝利者。

什麼？很難理解？你們這些低等生物的智力真是……

好吧，我就說得更淺顯一點。

小說、漫畫、電影，就算你之前的人生過得再無趣，至少也曾接觸其中一種吧？你覺得用來構成那些東西的基礎是什麼？

答案是「故事」。

沒有「故事」，小說只是單純的文字，漫畫只是單純的圖案，電影只是單純的影像。因為「故事」的存在，文字、圖案與影像的堆積才有了意義。

你們所認知的世界也是如此，「故事」才是基礎。

嗯？什麼？那只是二次元的東西，不能跟現實混為一談？

喂喂，你還不懂嗎？

就像三次元的你看待二次元的事物一樣，位於更高次元的我，也是用同樣的眼光看待你的呀。這麼說你應該就能理解了吧？

……還是不懂？

算了，不懂也沒關係，反正接下來你有的是時間慢慢體會。我還有四百多萬個使徒要處理，沒空在你身上浪費時間。

為什麼有那麼多使徒？

廢話，我不是說過了，平行世界幾近無限。跟無限比起來，四百多萬算什麼？每秒鐘都有數萬、數十萬、數百萬的平行世界在誕生，就算自由世界的出現機率只有百分之一，你以為一分鐘會有多少自由世界？

你並不特別，也並不偉大，你只是恰好被選上而已。

所以說，也別以為自己可以跟我談條件。就算你輸了，我也沒什麼損失，但對你而言就不是這樣了。

贏了的話，作為獎勵，你可以在那個世界展開屬於你的第二個人生。要是輸了，你就會失去自我，變成跟傀儡沒兩樣的東西。

傀儡是什麼意思？

這個嘛，你把它想成人格與記憶會被抹除就可以了。簡單地說，就是會變成故事的背景角色，可有可無。

稍微認真一點了嗎？

那麼，聽好了。接下來要說明的，是關於戰爭的規則——

Chapter.1

「你有時候會不會覺得，這個世界其實不應該是這個樣子？」

某天午休，申尚平一邊吃著福利社買來的麵包，一邊詢問坐在面前的高大友人。

類似場景隨處可見，併桌吃飯是友誼深厚的證明。當然也有人不喜歡或不習慣這麼做，但在這間教室裡，與交情好的朋友一起吃飯在不知不覺間變成了一種流行。

坐在申尚平面前的江孝維聞言抬起了頭，擔任籃球社候補中鋒的他，不僅塊頭大，便當盒的尺寸也很驚人。

「我經常這麼覺得。」

嘴邊沾著飯粒的江孝維一臉認真地說道。

「社會資源與財富的分配太不平均了，這個社會不應該是這個樣子的。我無條件贊成任何可以減少貧富差距的政策，包括抑制房價、改革稅制，與增加社會福利——」

「不，我指的不是這個。」

「嗯？你不是在問公民課的作業嗎？」

「不是。我問的是更……怎麼說呢，不涉及政治層面，而是更加基本的東西。」

江孝維困惑地看著申尚平，順便用筷子挾起一顆肉丸子。

「這樣說好了，你不覺得，高中生下午三點就放學很奇怪嗎？」

「哪裡奇怪了？不然你想幾點放學？」

「五點怎麼樣？」

「那是地獄吧。」

江孝維毫不猶豫地回答。

「會嗎？」

「當然。五點放學？你知道人權兩個字怎麼寫嗎？虐待兩個字怎麼唸嗎？你怎麼會有這麼可怕的想法！」

「可是站在教育的角度，在校時間越長，老師可以教授的知識量不是越多嗎？」

「效率呢？沒有任何證據顯示，在校時間與學習成績有正相關。就算讓老師多教兩小時，學不會的傢伙還是學不會，不想學的傢伙還是不想學。想讀書的話，可以回家或去圖書館自習，也可以上補習班，沒必要五點放學，那只會浪費大家的時間。」

江孝維看起來肌肉發達，但頭腦並不簡單。皇聖高中不僅是王曜市的明星學校，全國排名也位於第一梯次，而他並不是靠體育成績保送的優待生，完全是憑讀書實力考進來的。

「說到底，學校教育的目的，在於教導學生基本知識、系統性思考與邏輯能力，而不是把學生關在學校裡。光關注在校時間夠不夠長，根本就是本末倒置。」

這番反駁條理分明，申尚平不由得點頭。

「那麼，你不覺得這個國家有貴族很奇怪嗎？」

「哪裡奇怪？有貴族的國家很多啊。」

「我知道很多，不過……」

「原來你是共和立憲派嗎？不過沒辦法，這個國家從以前就是君主制，雖然從近代開始轉型爲民主政體，但還是沒辦法排除掉舊有的既得利益者，除非當時徹底血洗貴族階級，否則走上君主立憲的道路是很自然的事。」

「……看來你的歷史學得很好。」

「我比較擅長文科。」

江孝維說完用筷子挾起一塊糖醋肉。

「那麼，你不覺得有綠色、桃色或藍色頭髮是一件很奇怪的事嗎？」

聽見申尙平的問題，江孝維握著筷子的手突然一抖，挾起的肉片立刻掉回便當裡。

江孝維左右張望，確定沒人注意這邊後，立刻神色凝重地看著申尙平。

「尙平，這種話千萬不要當眾說出來，放在心裡想想就好。這幾年很重視政治正確，就算是貴族，被政治正確的鐵拳打到也會受重傷。萬一被神經質一點的傢伙聽到，你很可能會被纏上，到時輕則記過，重則退學喔。」

「不，我不是那個意思……」

「別因爲人家的頭髮顏色比較罕見，就用有色眼光看待對方。種族優越論在現代沒有市場，那種堅持金髮碧眼或黑髮黑眼才是高貴人種的觀點，早就被掃進歷史的垃圾堆了。千萬別幹蠢事啊，尙平。」

「就說我不是那個意思了！」

「也對，你不像那種人。」

江孝維點了點頭，然後用筷子挾起一片煎蛋。

「話說回來，你一開始說你的問題與政治無關，可是關係明明就很大。又是教育系統，又是政治體制，又是歧視問題，你以後打算從政嗎？正在爲未來鋪路？」

「沒那回事。我只是……該怎麼說呢……就從離我們最近的部分講起好了……你覺得，我們班顏值怎麼樣？」

「很高。」

「我們是升學高中，不是演藝學院。一班三十五人，卻有三分之二以上的學生是帥哥美女。你不覺得很奇怪嗎？」

江孝維呆愣地看著申尙平，表情就像是見到了怪物一樣。

「怎、怎麼了？」

「……你是最沒資格說這種話的人！」

江孝維用惡狠狠的語氣說道。

因爲提出這個問題的申尚平，正是班上顏値最高的美少年。

容貌俊美，肌膚滑嫩，身材高挑，髮質柔亮，外在條件之優秀，哪怕登上時尚雜誌封面也綽綽有餘，就算是當紅的偶像明星也不一定有申尚平漂亮。當申尚平安靜地坐在椅子上看書時，看起來就像是高貴的王子。

相較之下，江孝維的長相屬於野獸派，加上體格壯碩，看上去非常不好惹，令人不敢隨便親近。

眼見江孝維眼神迸發殺氣，申尚平連忙舉起雙手做出安撫手勢。

「冷靜、冷靜，是我不對，舉錯例子了。」

「所以你到底想說什麼啊？」

「我的意思是——」

申尚平轉頭看向其他正在吃午飯的同班同學。

教室裡面坐著一大堆奇裝異服、醒目到不行的男女學生。

有著顯眼粉色長髮，一身閃亮飾品的女生。

有著一頭閃亮縱鬈金髮，手握摺扇，氣質高傲的女生。
有著醒目的狂野紅髮，制服袖子剪碎，彷彿生錯時代的男生。
有著一頭紫紅中分長髮，戴著墨鏡，一看就知道是不良少年的男生。
除此之外，還有許多外表充滿特色，風格強烈到媲美五級颶風的傢伙，而且這些人全都容貌俊美，體態上佳，彷彿這裡不是高中教室，而是哪裡的偶像節目休息室。
「──你不覺得，我們班的人很奇怪嗎？」
申尙平一臉嚴肅地問道。
「一點也不覺得。」
江孝維同樣一臉嚴肅地回答。

申尙平是美少年。
他的美麗帶有一種奇妙的深邃與虛幻感，燦爛有如星光，剔透有如水晶。如果說這個世界是用長相來評定一個人的價值，那麼申尙平無疑可以俯視世上百分之九十九點九的人。

申尚平對於自己的長相也有所自覺，但他的認知僅止於「應該還可以吧？」這樣的程度。

比起臉蛋，他有更重要的事要關心。

申尚平關注自己的精神。

不是個性、才能或人格，也不是意志、思想或主義，而是某種更單純、更直指本質的東西。

說得簡單一點，便是心理狀態。

自己是從什麼時候開始覺得世界不對勁的呢？打工結束後，申尚平一邊拖著因疲倦而沉重的腳步，一邊詢問自己。每次獨處時，他的腦中就會不自覺地浮現這個問題。

仔細回想起來，應該是在升上國中的時候吧。

小學生的他，每天都過著輕鬆又愜意的日子，因爲腦子裡只想著吃喝玩樂，所以完全沒有注意到周遭的異常。上了國中，接觸到的東西變多，視野變得更加開闊之後，他才察覺到那些別人視爲理所當然的事情，自己竟會產生「不該是這樣」的念頭。

今天午休對江孝維提出的問題，其實前半部分他以前就問過別人了。當然，得到的也是「這有什麼奇怪的？」、「很正常啊！」、「沒有問題。」之類的答案。

到這裡爲止，事態尚在可以理解的範圍。

人類這種生物，一進入青春期就容易產生奇怪的妄想，例如覺得自己其實與眾不同、世界充滿無聊的東西、人類這種愚蠢的生物最好滅亡什麼的，申尚平也一度認爲自己是受生長激素與荷爾蒙的影響，才會冒出奇怪的想法，只要過段時間就會好轉。

然而，事情沒有那麼簡單。

那種認知就像詛咒，無時無刻會突然冒出來。

每次看到報紙或電視上的政治或時事新聞，某某貴族又幹出什麼事的消息時，他腦中就會冒出「不是這樣」的念頭。

每次走在路上，看見行人頂著五顏六色，但又不是刻意染色的頭髮時，他腦中就會冒出「這不合理」的想法。

無法適應。

在求生本能的刺激下，人類有著能夠迅速適應環境的能力。假裝看不到，假裝聽不見，關閉感官，停止思考，隨波逐流，與世浮沉，如此就能融入群體。

但，申尙平做不到。

不是因爲信念、正義感或精神潔癖，就只是單純做不到。

申尙平發現自己對世界的認知出現了偏差，而且他完全無法遺忘、壓抑，或忽視這種想法。

申尙平爲此苦惱不已，因此他在國中時期的社交狀況很不順利，沒什麼朋友。

不過，人是會成長的。

隨著時間流逝，申尙平不只身高，意志力也有所成長，後來他已經能平靜地對待自己的認知異常症狀。就像指甲會變長，只要把它當成是自然、與生俱來的、不受意志控制的東西就可以了。

這就是所謂的「山不轉路轉，路不轉人轉」，只要換個觀點，生命自然會變得開闊。花了整整三年才想通這一點，白白浪費了人生中僅有一次的國中歲月，申尙平對此感慨萬分，於是他決定上了高中之後，要努力彌補過去的遺憾，像其他人一樣過著普通又健全的高中生活。

然後在高中開學的那一天，遭受到巨大的精神衝擊。

當他打開教室大門，發現班上有一大堆髮色亂七八糟，打扮千奇百怪，穿著嚴重違反校規與常識，像是在大玩cosplay一樣的同學時，心中的震驚宛如核彈爆炸。他沒有當場發出慘叫，已經是自制力優異的證明了。

當時的申尙平面無表情地隨便找了個位子坐下，然後試著跟其他服裝正常的同學搭話，結果令他十分錯愕，因爲那些人全都覺得「他們穿成這樣沒什麼不對」！

不管問了多少人都是如此，就連其他班的人也是相同反應，申尙平竟然是唯一覺得不對勁的人！

我是誰？我在哪裡？我在做什麼？錯的是我嗎？還是這個世界？人類是什麼？宇宙又是什麼？諸如此類的問題在申尙平腦中不斷盤旋。

當天晚上，申尙平抱著驚懼的心情遲遲無法入眠。

……現在想想，那已經是一個月前的事了。

申尙平在國中時期透過自我懷疑與思考鍛鍊出的意志力在這時發揮了作用，他很快接受了這個事實，並且與之共存，就算眼前出現外星人，現在的他也有自信可以笑著跟對方打招呼。

在那之後，申尙平成功交到了朋友，課業與人際關係相當平穩，打工也很順利，只要無視那群cosplay的同班同學，他的高中生活可謂一帆風順。

……然而，人類就是這麼奇怪的生物，越是告訴自己不用在意，就越是在意。

事實上，申尙平在意得不得了，所以才會有今天午休那番對話。

俗話說人不可貌相，江孝維乍看之下像是只有肌肉的單細胞生物，其實卻是個頭腦靈活的現實主義者。申尙平相信江孝維不會說謊戲弄自己，也不會沒事亂開玩笑。

既然江孝維覺得那些cosplay的同學沒問題，那麼有問題的，恐怕是申尙平自己。

申尙平決定面對現實。

申尚平曾聽說過一種叫「思覺失調症」的精神疾病，患者會分不清眞實與虛幻，認知、情感、思維、行爲等方面都會出問題，他還特地找了許多以此爲題材的電影與小說來看。

申尚平心想自己可能得了類似的精神疾病，國中時出現徵兆，到了高中更加惡化。不過，心情意外地平靜。

並不會覺得恐慌，也沒有自我厭惡。既不想遠離人群，也不想憎恨什麼。一般高中生要是知道自己有精神病，應該不會這麼冷靜吧？這樣看來，自己果然有病。

想到這裡，申尚平忍不住嘆了一口氣。

拿起手機一看，現在時間已經晚上十一點。今天因爲打工的地方臨時有事，比平常晚了一小時下班。回去之後還要寫作業、洗澡跟洗衣服，要是再拖下去，恐怕凌晨兩點才能上床睡覺了。

爲了爭取寶貴的睡眠時間，申尚平決定抄近路。

附近商業大樓間有許多彎曲複雜的小巷，利用它們，就能省下至少十分鐘的時間。

夏天的都市即使是夜晚也很悶熱，由於通風不良，小巷裡的溫度反而比大馬路還高，再加上滿地雜物與垃圾，簡直就是惡夢一般的捷徑。

中尙平一邊忍住咂舌的衝動，一邊穿梭於小巷子裡。因爲走過了好幾次，所以完全不擔心迷路。

黑暗的小巷。

朦朧的月光。

悶熱的空氣。

四周非常安靜，僅能聽見自己的腳步聲與呼吸聲，感覺就像闖進了另一個世界。

——突然間，旁邊小巷傳來沉重的聲響。

聽起來像是什麼撞上了牆壁，而且聲音不只一次，接二連三地不斷響起。

中尙平停下腳步，他猶豫一會兒，然後走了進去，想看看發生了什麼事。

頭上突然出現了燈光。

恐怕是感應燈吧，有些比較講究的大樓會在巷子裡裝這種方便的東西。

依靠燈光，可以發現巷子兩側堆著大量箱子、鐵架與木材，似乎是因爲有哪棟大樓準備施工，才會暫時放在這裡。

聲音來自更裡面的地方，於是申尙平繼續深入。

然後，他看到了。

一隻黑色、長達兩公尺的巨大昆蟲，正被釘在牆上。

一名穿著輕飄飄、有大量蕾絲與緞帶的粉紅禮服褐髮少女，抬頭看著巨大昆蟲。

金色的釘子在燈光下閃閃發光，被釘子貫穿的傷口不斷流出黑色的血。

少女的右手拿著鐵鎚，左手拿著扳手，兩種工具的外形都很可愛，乍看之下像是玩具，但鐵鎚與扳手上面都沾著黑色的血。

禮服少女聽到腳步聲後立刻轉頭，視線正好與申尙平對上，然後兩人都露出驚訝的表情。

申尙平之所以驚訝，是因爲他認識對方——想必對方也是如此。

這名禮服少女是申尙平的同班同學，同時也是奇裝異服團體的一員。如果申尙平的記憶無誤，眼前的少女總是穿著裙襬與袖口縫有蕾絲的特製制服，頭戴貓咪髮夾，書包掛滿迷你吊飾。

「……李子璇？」

申尙平叫出了對方的名字。

「……申尙平？」

對方叫出了申尙平的名字。

兩人就這樣呆然對望數秒，然後李子璇像是驚醒一般，舉起雙手拚命搖晃。

「那個！不是！不對！沒有！事情不是你想的那樣！我是——」

就在李子璇搖手時，她手中的鐵鎚與扳手發出粉紅色的光芒，唰的一聲掃飛旁邊的雜物。由於不明力量的衝擊，堆得高高的箱子、鐵架與木材當場倒塌，有如土石流般轟然崩落。

「嗚哇啊啊啊啊啊啊啊啊——！」

申尙平與李子璇同時發出慘叫，然後被大量雜物淹沒了。

日出而作，日落而息，此乃人類自古延續的習慣。然而進入現代社會後，人們的生活有了天翻地覆的改變，即使深夜也會開門迎客的，已經不僅限於某種特殊行業。

晚上十一點三十七分，在二十四小時全天候營業的速食店裡，一對年輕男女正隔著桌子彼此對視。兩人之間沒有任何曖昧氣氛，有的只是滿滿的尷尬與難堪。

這對男女正是申尙平與李子璇，此時後者已經換回正常衣服，一件普通的T恤加短褲。申尙平完全不知道她是什麼時候換裝的，當他好不容易從雜物堆裡爬出來時，李子璇就已經是這副模樣。

在那之後，李子璇說要請他喝飲料當作賠禮。儘管腦中不斷閃著象徵危險的警報燈，但申尙平實在太想知道這究竟是怎麼一回事，所以最後還是跟來。

一路上李子璇的嘴巴完全停不下來，有如機關槍一樣不斷釋放名為言語的子彈。

「抱歉，不小心把你捲進來了。那個，你還好吧？雖然我緊急釋放了魔法護盾，可是因為情況緊急，護盾的強度或許不太夠。有東西砸到你了嗎？沒有吧？要是受傷了要跟我講喔，我也會治療魔法，雖然只能治療輕傷，不過有總比沒有好。」

「不好意思啦，我沒想到會在這時候遇見其他使徒，又怕你誤會，所以才會那麼緊張。我一緊張，魔力就容易失控，所以剛剛才會不小心把周圍的東西全部掃下來。」

「話說回來，為什麼你會出現在那裡啊？也是因為工作嗎？你是哪個世界系統的？我的話應該很好認。沒錯，就是魔法少女。雖然武器有點奇怪，但其他部分都是走正統路線喔！」

「其實我本來不應該出現在那裡的。我的戰場是夢世界，也就是夢裡的世界。可是剛剛那隻惡夢蠕蟲進化了，變得可以在現實世界出現，所以我才會追過來幹掉牠。原本以為有概念浸染的保護，沒人看得見我們，結果竟然遇見你，真是太巧了！」

申尚平完全不須考慮如何套話，李子璇就主動洩露了大量情報，其中還摻雜眾多奇怪字眼，申尚平強忍住問話的衝動，只是一直聆聽對方的話語。

這樣的情況一直持續到兩人走進速食店，點完飲料，找好位子為止。

「……意思是，你不是使徒？」

李子璇一臉錯愕地問道，申尙平一邊吸著可樂，一邊搖頭。

「……你沒有在小時候就覺醒前世記憶？」

申尙平繼續搖頭。

「……你記得神嗎？幻想戰爭呢？世界系統呢？概念浸染呢？祝福呢？詛咒呢？」

許多莫名其妙的名詞一一被拋出，申尙平不斷搖頭，問到最後，李子璇已經是一副快哭出來的表情。

「爲、爲什麼會這樣？你不是使徒，可是爲什麼看得見我？我變成魔法少女的時候普通人不可能看得見。除非你也是使徒！對！你一定是使徒！你剛剛只是在跟我開玩笑！對吧？對吧？對……吧？」

申尙平一臉抱歉地看著李子璇，後者的眼眶泛起淚光。

「完蛋了啦啊啊啊啊啊啊！」

李子璇抱頭哀號，總算她還記得這裡是公共場所，沒有發出太大聲音。

「把一般人捲進來，還洩露了這麼多機密！死定了啦！我會不會被扣分？會不會被懲罰？不要啦——！」

說到最後，李子璇忍不住嗚嗚嗚地哭了起來。這下慌張的人變成申尚平，他活了十六年，還是第一次有女孩子在他面前哭。

就在申尚平思考該如何安慰對方時，李子璇突然抬頭。

「不對！」

李子璇瞪著申尚平，她的眼神認真到讓人覺得有些恐怖。

「這不合理。你不可能是普通人。我曾經用那個樣子在別人面前出現過好幾次，沒有人看得到我，只有你例外。」

「就算妳這麼說……」

「——所以，你是配角。」

「欸？」

「沒錯，配角。而且是非常重要的配角。一個故事不可能只有主角，也需要配角，這樣才能襯托主角的重要性與存在感。對，就是這樣！你是我的配角！一定是因爲我的概念浸染等級變高了，世界系統才會安排你出現！」

李子璇雙眼放光，語速極快地說道。雖然申尙平聽不懂她在說什麼，但被人配角配角地叫著，多少還是覺得不愉快。

「等一下，一般說來，我是男主角的機率應該比較高吧？」

「你在說什麼啊，魔法少女的故事需要男主角嗎？」

「欸？」

「既然叫魔法少女，重點當然在女孩子身上。男性只是附屬品，絕對不可能成爲主角。」

李子璇斬釘截鐵地說道。申尙平很想反駁，但他這方面的知識不多，只看過熱門話題作，所以一時間想不出什麼有力反證。

就在這時，他想起自己幹嘛糾結主角配角之類的問題？眼前明明還有更重要的事要釐清。

「……算了，配角就配角。我有很多問題想要問，可以嗎？」

「當然沒問題。因爲你是我重要的配角嘛。」

李子璇笑著說道，她的眼角還殘留著先前的淚光。

那燦爛的笑容，令人聯想到雨後的鬱金香。

◇

陽光透過窗簾照亮了申尙平的臉，令他的意識從睡眠之湖深處緩緩上浮。過不久，床前鬧鐘與手機也以一秒左右的時間差分別響起。

申尙平緩慢地從床上坐起，然後打了個大大的哈欠。看了一下鬧鐘，現在是早上七點。由於只睡了四個小時，此時他的大腦一片混沌。

申尙平就這樣坐在床上好一陣子，直到手機的延時鬧鐘響起，他才睜開眼睛，慢吞吞地離開床鋪，走向浴室，利用冷水的力量讓自己清醒。

走出浴室後，申尙平打開房門旁邊的小冰箱，從裡面拿出麵包與罐裝咖啡，然後坐在房間中央的矮桌前，吃起營養不均衡的早餐。

這裡是一間大小約八坪左右的單人套房，房東是申尙平的親戚，以遠低於行情的價格租給了他。

申尙平的老家距離王曜市超過一百公里，如果通勤上學，來回車程起碼要花上三小時。雖然申尙平也曾想過要不要乾脆在老家找個普通高中唸就好，但家人強烈反對，於是年僅十六歲的他，就此踏上離鄉背井的求學之路。

獨居生活聽起來美好，但前提是要足夠有錢。

爲了防止申尙平墮落，家人匯給他的生活費經過一番縝密計算，每個月底剩下來的連看一場電影都不夠。爲了爭取更寬裕的生活，申尙平瞞著家人偷偷去打工，零用錢雖然變多了，可支配時間卻變少。身爲高中生的申尙平，充分體認到社會人士那種金錢與時間只能擇其一的悲哀。

接著申尙平像是想起了什麼似地，從書桌上拿起一本筆記本，打開最後一頁，一邊吃早餐一邊閱讀。

筆記本上寫的內容如下——

Q：什麼是幻想戰爭？

A：一種由許多世界系統聯合發起，用來爭奪自由世界支配權的比賽。比賽方式是諸神派出自己麾下的使徒，在限定時間內，看誰對自由世界的概念浸染最深，誰就是勝利者。一般人無法認知到這場戰爭，不管受到何種形式的波及，都會以爲是自己的幻想、錯覺、誤會或惡夢，所以才叫幻想戰爭。

Q：什麼是神？

A：與現今的宗教信仰主體無關，這裡指的是「世界系統的支配者」。神對於人類稱呼祂的方式沒有特定偏好，所以叫祂惡魔、高位存在、外星人、未知生命體都可以，祂完全不介意。

Q：什麼是使徒？

A：神的代理人。使徒來自於神所支配的世界系統中的某一個世界，由於一些未知的規則或考量，使徒通常都是該世界的普通人。就某方面來說，使徒都是轉生者。

Q：什麼是世界系統？

A：許多擁有相同概念的平行世界互相吸引串連後，結合而成的超巨大世界集合體。

Q：什麼是平行世界？

A：由無限可能性延伸出來的無限世界，每一個事件的不同過程或不同決定，都會發展出不同的平行世界。

Q：什麼是概念？

A：也可以稱爲「特性」或「屬性」，在神的眼中，這就是世界的核心。概念決定了世界的發展主題，沒有概念的世界就是自由世界。

Q：什麼是概念浸染？

A：像染色一樣，當某種顏色的濃度夠高，就能覆蓋另一種顏色，概念浸染也是如此。使徒只要做出「符合世界系統概念」的行爲，就能發動概念浸染，直接干涉現實。

Q：什麼是祝福？

A：神給予使徒的武器，一種概念性的力量。根據世界系統不同，祝福的形式與種類也不一樣。戰鬥系的世界系統，會給予力量強化之類的祝福；文藝系的世界系統，會給予音樂才華之類的祝福。

Q：什麼是詛咒？

A：有些世界系統本身很強勢，所以祝福也會非常強力。爲了公平性，諸神會對其他使徒施加妨礙，這種妨礙便是詛咒。按照規則，一名使徒只會得到一個祝福，同時也只會得到一個詛咒。祝福越強，伴隨的詛咒也會越強。

Q：贏了會怎樣？輸了又會怎樣？

A：自由世界會併入贏家所屬的世界系統，所以幻想戰爭的贏家將成爲「眞正的主角」，可以在這個世界爲所欲爲。輸家會被消除記憶與人格，度過無知的一生。

——以上，全都是申尙平昨晚從李子璇身上打聽到的資訊，他回家後立刻把它們寫了下來。

昨晚抄寫時，申尙平記得自己的心情非常激動，但睡了一覺，腦袋跟著冷卻，現在重新看一遍，只覺得這些東西活像是三流小說的設定集。

如果換成其他場合，申尙平肯定會認爲李子璇是中二病末期的精神病患，然而他可是親眼見到了現代科學難以解釋的畫面，要是不承認，和逃避現實沒兩樣。

話說回來，就算肯承認，但細節上還是有無法認同的地方。

一般人眼中的魔法少女大多天眞無邪、純潔善良、意志堅定，在品格方面難以找出破綻，然而李子璇顯然不是那種類型，她不僅話癆，而且個性還有點狂躁，比起主角，更像是反派。

「配角……」

申尚平低聲呢喃，那正是他的角色定位。

根據李子璇的說法，在那些神的眼中，三次元世界就像是一部連續劇。神是導演，他們這些使徒是主角，誰演得最好，誰就是贏家，而申尚平就是導演安排給她的輔助角色，以便演好這齣名爲「魔法少女」的戲劇。

想到這裡，申尚平不禁開始思考，這件事與自己的認知異常症狀是否有關？很難說無關。

使徒都是轉生者，李子璇說過，她從小就會夢見有關前世及被神選中時的事情。也就是說，使徒與他一樣，有著「這個世界不對勁」的認知。

……不，不對，還是不一樣。

使徒明確知道兩個世界的差別，所以不會對這個世界的運行機制感到迷惑，而申尚平會迷惑。

這就是配角與主角的區別嗎……？爲了讓我當配角，所以強塞給我這種討厭的設定？

申尙平不得不懷疑，自己的認知異常症狀，就是李子璇那邊的世界系統支配者，也就是魔法少女之神幹的好事。

畢竟就機率論來看，「主角遇見了配角」跟「主角遇見了精神有問題的配角」這兩種情況，後者的可能性顯然低太多。

但是，這有什麼意義？

是爲了讓他做什麼嗎？

申尙平合上筆記本，然後收拾垃圾，換好制服準備上學。

情報不足，他無法作出判斷。

「我要做什麼？」

「你什麼都不用做喔。」

早自習時間，當申尙平詢問李子璇自己的任務是什麼時，對方給出了意外的回答。

「欸？」

「因爲故事會自然發生。重要的不是你做了什麼，而是神做了什麼。」

李子璇進一步說明。

雖然用戲劇來形容，但幻想戰爭沒有劇本。神主導故事，安排事件，演員只能臨場發揮。就算演員刻意想做些什麼也沒用，因爲決定要不要觸發故事的權力在導演手中。

「尤其是配角。用得上的時候就用，用不上就擺到一邊，這便是配角的宿命。」

「什麼時候才會用得上？」

「不知道，看神的安排。可能是今天，也可能是一個月後，甚至是一年後。」

「一年也太久了吧？」

「這就是所謂的伏筆。我有跟你說過嗎？幻想戰爭的期限是三年，也就是到我們高中畢業爲止，說不定會最後一刻才讓你登場。」

「等到三年級的時候？」

「等到三年級的時候。」

申尙平不禁皺眉。這就像是被職場上司告知：「我一定會讓你倒楣，只是不知道什麼時候，等著瞧吧！」一樣，令人不快到極點。

李子璇誤會了申尙平的表情，以爲他是因爲沒有登場的機會而感到失落，於是拍了拍他的肩膀。

「不用失望。你總有一天會派上用場的，在那之前好好磨練膽量就行了。」

「只要膽量就夠了嗎？」

「不如說，也只剩膽量可以磨練了。魔法少女可不是那麼好混的世界喔，昨天那隻惡夢蠕蟲你也看到了吧？那玩意兒不怕物理攻擊，就算拿核彈炸牠也沒用。以那種東西爲對手，就算你是異種格鬥大賽冠軍也沒用。」

「……我以爲魔法少女的反派應該更單純一點。」

「客群不同啦。魔法少女的世界系統很龐大，你說的那種世界當然也有，不過我來自比較嚴苛的世界，對應的反派自然更強。」

「所以，我不用戰鬥？」

「那是魔法少女的工作。你是男的吧？」

就在這時，申尙平感覺四周投來許多視線，他轉過頭去，發現不少人跟著轉頭。那些轉頭的人全都有個共同點，那就是奇裝異服，換句話說，他們都是使徒。

申尙平赫然想起，這是一場只能有一個贏家的戰爭，所有使徒都是對手，他們竟然當眾討論這些東西，簡直就是自曝情報。

「我們是不是太大聲了？」

「沒問題。我們講的東西跟他們聽到的東西不一樣。」

「欸？」

「這就是概念浸染的力量，不然你以爲我幹嘛要穿得這麼奇怪？」

「欸欸？」

「爲什麼這麼驚訝？」

「我以爲妳是基於興趣才穿的……」

「誰會有興趣穿這種東西啊？袖子縫蕾絲又沒有多好看。」

「那妳幹嘛要穿？」

「為了概念浸染啊。」

李子璇說完忍不住嘆了一口氣。

概念浸染的基礎，就是做出「符合世界系統之概念」的行為。換成通俗一點的說法，就是要「像個主角」。

出身魔法少女系世界的使徒，必須像個魔法少女；出身格鬥系世界的使徒，必須像個格鬥家。然而使徒雖然是轉生者，但轉生之前也是普通人，不可能擁有那種獨特的內在，所以只能從兩方面下手——「外觀」與「言行舉止」。

「所以，只要我『穿得像個魔法少女』，就符合概念浸染的條件了。如果講話方式也像的話，概念浸染的力量會更強，可惜那個我學不來。」

「……魔法少女是這個樣子的嗎？」

申尙平動漫作品看得不多，但也知道所謂的魔法少女絕對不是那種會把制服裙襬與袖口縫上蕾絲，戴上貓咪髮夾，書包掛滿迷你吊飾的人。

「魔法少女變身前，理論上應該穿得跟普通人一樣吧？」

「別忘了，在普通人眼中，我的確穿得跟他們一樣喔。」

「呃……」

「你看漫畫時，漫畫主角一定會有一些顯眼的特徵，這是爲了讓讀者更加好認，也就是辨識度的問題，而辨識度會跟許多約定俗成的印象掛鉤，例如紅髮的男生很熱血之類的。」

李子璇說完摸了摸自己制服袖子上的蕾絲，然後又摸了頭上的貓咪髮夾。

「一般人腦中對『變身前的魔法少女』大多沒有具體形象，只有『可愛』這種模糊的印象，所以我才把自己弄成這樣子。」

「也就是說，只要看使徒穿成什麼樣子，就知道他是哪個世界系統的人了？」

李子璇點了點頭，於是申尚平轉頭看向其他那些奇裝異服的同學。

「……不行，認不出來。」

這些人的裝扮都很有特色，但申尚平無法從這些特色反推對方的來歷。他覺得這些使徒的外表很有個性，卻說不出究竟是什麼個性。

「因爲你接觸過的娛樂作品太少了。只要看得夠多，就能大致掌握什麼樣的作品會賦予主角什麼樣的角色印象。」

「如果是那種脫離俗套的作品呢？例如故意給主角相反形象，或是看起來像普通人之類的。」

「你挺懂的嘛。的確是有這樣的作品，但它們之所以採取這種作法，是爲了塑造反差，營造趣味性。反過來說，就是因爲既定印象太強，使用這招才有意義，所以越俗套的形象效果越好，就這是所謂的經典。」

經典是這樣的意思嗎？申尙平覺得似乎哪裡怪怪的，但要他說出理由也說不上來。

……看來得補充一下漫畫跟小說的知識了。

爲了彌補知識量不足的問題，申尙平決定找找看附近有沒有便宜的租書店或網咖。

◇

「你想追李子璇嗎？」

隔天午休，江孝維一如既往提著便當坐到申尙平對面，然後立刻扔出爆彈般發言。

申尙平嘴裡含著吸管，眼睛睜得大大的，一副「說什麼傻話」的表情。

「不對嗎？我看你最近下課時間一直跑去找她說話，想說你們的關係什麼時候這麼好了。」

在別人看來是這樣嗎？申尙平開始反思自己的行爲是不是太魯莽。光顧著收集情報，卻沒想到這會不會給對方帶來困擾。

青春期的男女對這方面的事情特別敏感，而且也不乏喜歡用這種話題起鬨的人。申尙平想起國中時，班上就充滿了這種流言蜚語，一下子誰跟誰疑似在交往，一下子誰疑似搶了誰的戀人，搞得班級氣氛很差。

如果影響到李子璇就不好了……以後有問題，還是放學之後再找她吧。

申尙平已經有了配角的自覺，雖然不知道自己會在魔法少女的故事裡得到怎樣的戲分，但至少不能爲主角添麻煩。

「沒有，只是問她一些問題而已。」

「什麼問題？」

「……小說跟漫畫之類的。」

「欸？原來你對那些有興趣嗎？眞看不出來！」

這下換江孝維露出吃驚的表情。

「什麼啊，這很正常吧？誰小時候不喜歡看這些？只是長大後看得比較少而已。」

「不不不，你看起來不像是會對這些東西感興趣的人，這跟你的形象不符。」

「我的形象是什麼啊？」

「嗯……超塵拔俗的貴公子？表面上的？」

「爲什麼用疑問句？表面上又是什麼意思！」

「誰教你長了一張漂亮的臉。當初認識你的時候，我還以爲你是那種會一邊看精裝本，一邊喝手沖咖啡打發時間的人。」

「現實世界哪來那種高中生啊。」

「對啊，當知道你其實常常一邊看超市廣告單，一邊喝鋁箔包飲料時，我有幻想破滅的感覺。」

「別瞧不起超市廣告單！鋁箔包飲料也是無罪的！」

既然是一個人住，生活方面的瑣事當然也只能自己一手包辦。食衣住行都要錢，在生活費受到管控的情況下，買東西當然要精打細算，所以絕對不能錯過超市的特價日。最麻煩的是家裡空間有限，那種大額數量才有折扣的商品或通路絕對不予考慮，要是只看價錢下單，小小的套房肯定很快就無法住人。

「你也不容易啊，要是我們學校有宿舍就好了。」

江孝維知道申尙平一個人在外面租房子住，甚至曾經拜訪過一次。當他聽說掃地、洗碗、洗衣服、刷馬桶、丟垃圾等家事都要自理，還得學會排水孔堵塞、電器故障、水管漏水的緊急處理方法時，當場露出了打從心底覺得麻煩的表情。

「不過如果考上外縣市的大學，以後肯定會面對這種生活。你這也算是爲未來做預習吧。」

「我家附近也沒什麼好大學，搞不好以後還是會留在王曜市。」

「我想上Ｋ大，不過沒什麼信心，或許把目標放在分數低一點的Ｃ大比較好。」

「科系呢？這個比較重要吧？」

「果然還是要看未來的就業環境。就算讀好學校，冷門科系出來的薪水也高不到哪裡去。」

「照理來說，比較熱門的應該是——」

「不不不，也要考慮未來性，我覺得——」

兩人討論的話題越來越現實，等到午休結束，魔法少女什麼的已經從申尚平的腦裡完全消失了。在那之後，他有一種從夢中醒來的感覺，彷彿脫軌的齒輪重新咬合一樣。

自己在幹什麼啊？申尚平心想。

李子璇不是普通人。

班上一大半同學是使徒。

這個世界確實存在著不可思議的事。

在某個黑暗的角落，無數光怪陸離的故事正在上演。

——可是，那跟自己有什麼關係？

在魔法少女的故事裡擔任配角，乍聽之下似乎很特別，但那又怎麼樣？

終究只是個配角而已。

李子璇也說了，用得上的時候就用，用不上的時候就擺到一邊，這就是配角的宿命。為那種不知何時才會發生的事情著急，一點意義也沒有。

因為遇上特殊事件，所以覺得自己是特別的人——這樣的想法，不正是青春期經常會有的妄想嗎？

只要冷靜思考，就會發現那根本沒什麼了不起的。就像是抽到了演唱會的門票、手遊抽卡得到了強力人物、買冰棒抽到了再來一支一樣，自己雖然得到了「特別的經驗」，但人生並不會因此有所改變。

因為遇見了不尋常之事，然後開始想像自己會經歷波瀾壯闊的冒險、緊張刺激的生活，那也未免太過一廂情願了。

因爲踏入未知的領域，腦子裡也浮現一堆幻想。說穿了，就跟小學畢業後上了國中，國中畢業後上了高中一樣，只是環境改變所引發的心境變化。

剛進演藝圈的新人，大概就是這種感覺吧……

想到這裡，申尙平心裡反而輕鬆起來，有種好不容易擦去陳年污垢的暢快感。

從一開始，困擾他的就只是「自己的認知與常人不同」這件事而已。

如今他知道這很可能是某個自稱魔法少女之神的傢伙在搞鬼，而不是自己的問題。

他沒有問題，有問題的是神——長年疑惑終於獲得解答，這毫無疑問是一件喜事。

雖然對那位魔法少女之神很不爽，但對方位於遙遠之處，想抱怨或報復都沒辦法。

這就像是本國經濟因外國的干涉而衰退，間接導致自己失業一樣，就算再怎麼憎恨外國也沒意義，重點在於自己要如何活下來。

於是申尙平釋然了，配角什麼的根本無所謂，沒有必要在意那種東西。

他就這麼抱著輕鬆的心情度過了下午的課程，今天也有打工，而且有許多麻煩事要處理，所以他一放學便直奔打工地點。

申尙平打工的地方是一間名爲「微笑市集」的大賣場，他走向建築物後面的巷子，那裡有一個員工專用的出入口。

然後，他看到了。

一團綠色的巨大軟泥，正被長劍釘在牆上。

一名穿著造型有如性感泳裝般的金屬鎧甲，個子嬌小但身材相當有料的銀髮少女，抬頭看著巨大軟泥。

申尙平一臉呆愣地看著銀髮少女，銀髮少女也同樣一臉呆愣地看著他。

時間是晚上十點半，申尙平與一名銀髮少女坐在速食店裡。

速食店跟昨晚的是同一間，就連座位也一模一樣，不同的只有坐在對面的人。

數小時前，申尙平與銀髮少女發生了一場極具衝擊性的邂逅。然而當時申尙平趕著上班，而且他也不是第一次遇到這種事，所以立刻恢復了冷靜。

「我在這裡打工，十點才下班，有事到時再說，沒事就再見。」

拋下這句話後，申尙平逕自鑽進員工出入口，獨留銀髮少女站在原地傻眼。

申尙平下班後，發現嬌小的銀髮少女正站在外面等他，那身金屬泳裝鎧甲也換回正常的衣服，於是便有了現在這一幕。

銀髮少女名叫陸劍璃，在班上那堆奇裝異服的同學裡，屬於比較低調的類型。她的制服沒有經過奇怪的改造，言行舉行也很正常，唯一的異常之處就是經常戴著金屬頭冠。申尙平對那個頭冠的造型有印象，那是十年前某款奇幻遊戲的主角所戴的裝備，那款遊戲當時非常熱門，申尙平雖然沒玩過，但也知道是足以登上遊戲界殿堂的傑作。

與李子璇不同，陸劍璃的性格比較沉穩，在知道申尙平不是使徒卻能察覺使徒的異常行動時，也只是微微皺眉，沒有像李子璇那樣大驚小怪。

「……很奇怪。」

聽完申尙平的自述，陸劍璃低聲說道。

「很奇怪嗎？」

「嗯，很奇怪。你眞的不是使徒嗎？」

「不是。我沒有夢到過前世，也沒有夢到過神。」

根據某位魔法少女的說法，使徒會在六歲生日當天夢到關於自己前世的事，然後每年生日都會重複作同樣的夢。這是一種保護性的做法，如果突然大量灌輸前世記憶，人格與認知會變得混亂，要是被人送進精神病院，就無法履行使徒的工作了。

「你很清楚嘛。」

「因爲聽某人講過。」

申尙平沒有說出某人的名字，但陸劍璃還是猜到了。

「是李子璇吧。」

申尙平保持沉默，陸劍璃繼續說道：

「難怪你最近一直找她講話。我就覺得奇怪，原來你們勾結了。」

「只是之前突然有了交集，所以向她請教一些事而已。」

申尙平坦然承認。既然被猜到，再隱瞞便沒什麼意義。

同時，他也暗暗反省自己的大意。

如今看來，申尙平的異常行動已經引起使徒們的注意，如果有人敏銳一點，或許就會猜到自己跟李子璇的關係。幻想戰爭的贏家只有一個，使徒之間互相競爭，難保不會有人做出妨礙對手的行動，他應該更謹愼一點。

「是嗎？可是你未免太冷靜了。」

「有嗎？」

「一般人遇到這種超乎常理的事，情緒都會變得激動，而且會持續很長一段時間。可是你現在的表現很冷靜。」

「因爲我的適應力比較強吧。」

更正確地說，是想開了。

申尙平之前確實激動得幾乎睡不著覺，但如今心情卻平靜得有如清澈的湖泊。就算成爲魔法少女的故事配角，對他也沒有什麼好處。他不會收到薪水，也不會獲得特殊能力，更不會學到對未來有益的知識或技能，唯一有的就是「非日常的體驗」。

就像跟明星握手一樣，握到的那一刻很激動，事後想想也就那麼一回事，連寫在求職履歷表上的價値都沒有。

不對，說不定價値更低……跟明星握手起碼可以當作聊天的題材……說自己是魔法少女的配角，只會被當成神經病吧……

想到這裡，申尙平突然覺得沒什麼幹勁了。

至於陸劍璃則是低頭沉思，眉頭皺得比先前更緊。

「不是使徒，那就是配角，或者……總之，一定是會在故事裡派上用場的角色……可是，同一個角色，可以在兩個不同的故事裡出場嗎……」

陸劍璃喃喃自語，因爲沒有壓低聲音，所以申尙平聽得很清楚。

陸劍璃似乎也開始懷疑申尙平是她那邊的神爲她準備的配角了。

「或許可以吧，畢竟只是配角。」

「就算是配角也太奇怪了，而且在我的故事裡，你完全派不上用場。」

陸劍璃很不客氣地說道，申尙平的眉毛忍不住抽動一下。被人當面說沒用，任誰都會覺得不愉快。

「妳的世界系統是什麼？」

「奇幻、劍與魔法、勇者。」

申尙平嚇了一跳。

「三個世界系統？」

陸劍璃搖搖頭。

「不是三個，是同一個，只是級別不同。」

陸劍璃解釋了有關世界系統的細緻分別。

所謂世界系統，是由諸多具備相同概念的平行世界串連的集合體，然而除了共同概念之外，肯定還會有一些爲數眾多，但並非全體共通的概念。

舉例來說，一百個平行世界組成了世界系統，但其中九十個平行世界同樣具備某個概念，在那九十個平行世界之中，又有五十個平行世界具備另一個概念，於是才會出現這種分類方法。

「你就把它想成是類似生物分類法的東西就好。域界門綱目科屬種，知道吧？」

這是國中程度的知識，申尙平自然清楚。

「所以妳是……奇幻系中的劍與魔法系中的勇者系的使徒？」

「不用講得那麼複雜，直接稱我是奇幻系使徒就好。如果你有接觸過這類的漫畫或遊戲，應該知道『勇者』這個頭銜代表了什麼吧？」

「……打倒魔王？」

「對。但是這個世界是現代社會，不可能存在魔王，所以我的戰場，是在一個名叫『夾縫世界』的地方。」

「夾縫……」

「也就是世界與世界之間的夾縫。那裡很像我們這裡的中古時代，不過文明等級很高，而且正被魔王軍侵略。我的工作就是討伐魔王，只要討伐成功，我就是這場幻想戰爭的勝利者。」

「那之前那個怪物……？」

「因爲我能在夾縫世界停留的時間有限，每天最多不能超過八小時，一旦超過就會被強制轉移回來。之前我正在迷宮裡面打黏液怪，沒注意到時間，結果黏液怪也跟著轉移了。」

「……妳是哪裡來的上班族嗎？」

而且還是那種工作八小時後就趕人下班的良心職場，申尙平心想。

「那不重要，我想說的是，夾縫世界很危險，像你這種沒有特殊能力的人要是進去，肯定會死。」

申尙平臉色凝重地點了點頭，哪怕沒有親身體驗，也能想像得到那是多麼危險的地方。

人類會嚮往奇幻世界，是因爲下意識預設自己也能掌握那種玄奧的力量，但如果無法掌握呢？毫無疑問，那會變成普通人眼中的地獄。

「總之，雖然我這邊的神找你當配角，但你最好還是離我遠一點。要是不小心被拉進夾縫世界，我不一定保護得了你。」

「我知道了。我會努力跟妳保持距離的。」

申尚平認眞地說道。陸劍璃聞言先是愣了一下，只見她嘴巴微張，似乎還想說些什麼，不過最後還是什麼都沒說。

在那之後，兩人各自回家。

◇

時値秋季，窗外的陽光依舊猛烈猶如夏日。然而由於冷氣的存在，人們得以舒適地坐在室內，以一副事不關己的姿態說出「今天也很熱啊」這樣的話，一邊讚美科技，一邊為強化溫室效應作出貢獻。

申尚平打了一個大大的哈欠，涼爽的室溫令他昏昏欲睡。

「沒睡好嗎？」

坐在對面的江孝維一邊打開便當一邊問道。

「昨天凌晨一點才睡。」

申尙平一邊拆開麵包的袋子一邊回答。

「讀到這麼晚？你也太拚了吧。」

「不，是看漫畫。」

「……你墮落了。什麼漫畫這麼好看？」

申尙平說出了漫畫的名字，那是一部以勇者討伐魔王爲主題的漫畫，江孝維聽完喔了一聲。

「是那個啊，我以前也看過，很好看喔。不過那已經是十年前的作品了。以現在的眼光來看，題材有點過時，設定也很老套，但故事很有趣。」

「啊啊，所以我一口氣看了十本，現在睡眠不足。」

「可以理解，我以前也經常幹這種事。有趣的東西就會想一直看下去，這是人之常情。」

「其實就是缺乏自制力的意思。」

「別說得那麼明白。站在小孩子的立場，光是乖乖坐在椅子上用功，就已經是自制力夠強的證明了！對未成年人不能要求太多，又要讀書又要作息規律，就算是馴狗也沒那麼殘忍！」

江孝維突然激動起來，顯然他是那種家教非常嚴格，但本人不怎麼適應的類型。這樣的人容易在叛逆期走上歪路，如今他能坐在這裡，可謂不幸中的大幸。

「話說回來，怎麼突然看起漫畫了？而且還是那種早期作品。」

「爲了參考。」

「參考什麼？難道你想當漫畫家？」

「是基於配角的自覺與職業道德。」

「啥？」

江孝維停下扒便當的動作，露出了「你在說什麼傻話？」的表情。

雖然心中的熱情與期待逐漸消退，但申尙平很清楚，他被扯入異常事件的事實並不會因此消失。總有一天，他會被迫以配角身分迎接某個事件吧，爲了那一天的到來，必須做好準備。

他是個沒有特殊能力的普通人，在武力方面恐怕全無優勢，如此一來，唯一能做的就是累積知識了。

從李子璇與陸劍璃透露的情報，申尚平大概知道幻想戰爭究竟是什麼東西。

簡而言之，就是一群主角比拚誰先完成故事的競賽。

既然是故事，自然也可以套用現實世界的小說、漫畫、電影、遊戲，反正本質都是一樣。於是申尚平好不容易找到一家租書店，看起以魔法少女與勇者爲主題的漫畫。

「聽不懂你在說什麼。不過漫畫的話，我可以推薦你一些，雖然都是早期的作品就是了。上了國中之後，我就看得比較少。」

「那就拜託啦。」

「不過，沒想到你眞的開始對漫畫感興趣……我還以爲那是追女孩子的藉口……」

「咦？」

「因爲你之前不是一直纏著李子璇嗎？」

「我不是說不是了嗎？」

「我以爲你只是不好意思承認。」

江孝維露出曖昧的笑容，看來是想調侃申尙平，可是因爲嘴邊沾了許多飯粒，所以看起來反而顯得滑稽。

「不，沒那回事。」

「眞的不是？」

「眞的。」

「眞的眞的不是？」

「眞的。」

「眞的眞的眞的不是？」

「好煩啊你。」

江孝維嘴角突然往下撇，露出嫌棄的表情。

「那就太無聊了。我本來還賭你們這個禮拜就會公開交往的說。」

「你也太閒……等等，你跟誰賭？」

「祕密。」

江孝維邊說邊用筷子比了個×。看他一臉打死不說的模樣，申尚平有些哭笑不得。

「雖然你可能不知道，不過其實有很多人在注意你會不會交女朋友。」

「爲什麼？」

「因爲你是美少年。」

江孝維一臉認眞地說出了蠢話。

「現實的高中生活，其實一點也不像小說或漫畫有趣。讀書是很無聊、苦悶、枯燥的一件事，大家都想找點有趣的話題。身爲美少年的你，天生就有成爲話題的資格。然後呢，戀愛方面的八卦又人人愛聽，所以大家自然會關注你的感情生活。」

「你口中的大家到底是誰啊？」

「祕密。」

「朋友是這樣當的嗎！」

「正因爲是朋友，才會告訴你這件事啊！我可是冒著被當成背叛者的風險，向你洩露機密情報耶！」

「還眞是謝謝你啊！」

「所以，看在我賭命洩密的份上，下次你要是眞的想追誰，一定要告訴我喔。賭贏之後，我分你一半。」

「去死吧。」

「話說回來，你眞的不打算交女朋友嗎？雖然這麼說有點那個，不過我們班上很多優質資源喔，不管男的或女的。其他班都很羨慕我們班，稱我們是『奇蹟的一〇一』。」

江孝維指的是他們班上有三分之二的人顏值極高這件事，從機率學的角度，這幾乎是不可能。

申尙平也曾爲此感到困惑，但如今的他已經找到了答案。這些傢伙全都不是普通人，帥哥美女這種屬性，對他們來說恐怕只是基礎中的基礎。

「目前沒有這個打算。」

「你也太清心寡慾了。還是說，其實你是有恃無恐？覺得自己想交就交得到？可惡，我也想當美少年！」

江孝維一臉氣憤地咬著炸雞塊。理由無他，因爲這個男人正是拉低一〇一班平均顏值水準的人。

「給我老實說！你以前交過多少女朋友！有沒有兩位數？說出來，我保證不會代替全天下的青春期男性懲罰你。」

申尙平面無表情地看著江孝維，後者倒吸一口冷氣。

「難道是三位數……！」

「我沒交過女朋友。」

「欸？」

「眞的，從來沒有。自從上了國中，就很少有女生跟我講話了。」

江孝維瞇起雙眼，滿臉不相信。申尙平也很無奈，但這是眞的。

由於發現自己認知的世界有些不對勁，加上青春期特有的多愁善感，國中時期的申尙平陷入奇怪的憂鬱心理，既沒有意願也沒有動力參與社交活動，也就是俗稱的孤僻。

要是在這種狀況下還能交到女朋友，那也未免把男女交往這件事想得太簡單了。

「沒有交過啊，原來我們都一樣，很好很好。朋友之間就應該要有共同點，這樣才能建立深厚長久的友誼。我果然沒有看錯人。從看到你的第一眼，我就覺得我們兩個很像，我的直覺果然是正確的。」

江孝維滿意地點了點頭，申尙平聽得哭笑不得。

午休就這樣在無意義的閒聊中畫下句點。在那之後，申尙平毫無波瀾地迎接了放學的鐘聲，接著去打工，最後回家寫作業睡覺。

一天就這樣過去了，沒有意外，也沒有驚奇。

但，這才是常態。

普通人的生活就是如此。

所謂的配角，在派不上用場的時候也只是普通人而已。

申尙平逐漸忘記了自己的配角身分，重新投入學生生活。他已經不太在意幻想戰爭、世界系統、使徒之類的事情了。重視源於未知，既然已經確定自己認知出問題的原因在於配角身分，那就沒理由繼續糾結那些事，過好自己的日子就好。

人類就是這樣，比起擔心不知何時才會發生的事，眼前的問題更加重要，這並非短視，而是明白何謂輕重緩急。

然而或許是神明看不慣他的悠哉態度，在某天的早自習時間，意外降臨了。

「我需要你幫忙！」

陸劍璃突然跑到申尚平面前，硬是把他拉出教室。

Chapter.2

七神撕開無盡的混沌，揭開創世的偉業。
天地開闢之初，魔力的法則被刻印於世界之巔，森羅萬象盡皆俯首。
七神的榮光——艾瑞西亞大陸自此誕生。
漫長的時光如水流逝，文明的燈火明滅不定。
新的種族崛起，然後沒落。
新的王朝建立，然後消失。
經歷無數個千年，終於輪到人類掌握艾瑞西亞大陸的霸權。
然而，世上沒有不落的太陽。
七個千年之後，人類迎來新的挑戰者。
渴望支配下一個千年的種族，名為魔族。
漫長的戰役，就此打響……

～節錄自《艾瑞西亞大事紀・人類篇》～

巴瑞恩是一座位於艾瑞西亞大陸西北處的大城市，由於距離魔鏈快道與薩莫亞海港甚近，因此逐漸變成西北地區重要的貿易據點，每天都有大量貨物進出，爲此地帶來驚人的財富。

可惜好景不常，巴瑞恩在兩年前被魔王軍攻陷，脫離沃恩王國的掌握。重要的經濟動脈被截斷，令沃恩王國焦躁不已，高層無時無刻不想奪回巴瑞恩，然而形勢不會因人的意志轉移，直到今天，巴瑞恩依舊牢牢緊握於魔王軍手中。

巴瑞恩人口數量高達八萬，由於經濟以貿易爲主軸，城內設有大量旅館，從一晚六聖元的豪華房間，到一晚二十五聖分的破舊閣樓，應有盡有。

「金杯藤蔓」便是巴瑞恩諸多旅館之一，價位偏低，設施齊全，環境整潔，因此很受歡迎。

申尙平坐在「金杯藤蔓」的一樓酒店，表情一臉不爽，他對面坐著陸劍璃。由於兩人身穿這世界不常見到的學校制服，加上容貌出眾，因此惹來不少目光。

「抱歉，突然把你拉過來，可是情況眞的緊急，需要你幫忙。」

陸劍璃雙手合十，擺出道歉的姿勢。

「提前跟我說一聲不行嗎？突然把人拉到異世界是怎樣？而且出入口竟然還是女廁！」

「因爲學校裡面廁所最隱密嘛。」

「設在自己家裡不行嗎？」

「不行，會來不及上課。」

陸劍璃搖了搖頭，然後開始說明夾縫世界——也就是艾瑞西亞大陸——的規則。

夾縫世界一天只能進出一次，進出時間與地點可以自由設定，設定之後經過二十四小時才能變更。現實世界與夾縫世界時間流速不同，而且以陸劍璃爲計時主體，她在夾縫世界待一小時，現實世界的時間只過去一分鐘；她在現實世界待一小時，夾縫世界的時間也會過去一小時。每次進入夾縫世界，最多只能待八小時，超過就會強制脫離。

陸劍璃將進出時間設定爲早上八點，出入口設於學校女廁。幸好這間廁所位於學校最偏僻的校舍，很少人使用，所以申尚平被拖進去的那一幕沒被人看到。

「妳為什麼不把地點定在自己房間，然後時間設得早一點或晚一點？」

「我下午四點要上補習班，六點才下課。從補習班坐車回家要半小時，回家之後還要吃飯洗澡寫作業，到時體力也消耗得差不多了，過來這裡只能睡覺。」

「時間設在下課或午休呢？」

「如果老師晚下課，或是廁所剛好有人，那我不就進不去了？」

「那週末呢？難道妳會在假日偷偷潛入學校嗎？」

「休息。」

「妳是哪來的上班族啊！是說至少前一天晚上該跟我講一聲吧？」

「我不知道你的手機，也沒有你的阿爾法。」

陸劍璃口中的阿爾法，指的是即時通訊軟體「α Chat」的簡稱。現實世界有許多功能相似的通訊軟體，阿爾法是其中的主流，佔據了全球將近百分之四十的用戶市場。

「我現在就給妳。」

申尙平嘆了一口氣，然後從口袋掏出手機，卻發現螢幕一片漆黑。

「科技產品在這裡沒辦法用喔。」

「爲什麼？」

「世界規則不同吧。我試過很多遍，總之就是不行。」

「好爛的規則。」

申尙平一邊抱怨一邊收起手機。

「……好吧，那些先不管了。妳有什麼事要我幫忙？先說好，戰鬥方面別找我，涉及暴力的問題也一樣，總之，任何可能有生命危險的事，我都幫不上忙……怎麼了？」

申尙平發現陸劍璃一臉奇怪地看著自己，於是反問道。

「……我記得我跟你說過，我的世界系統是劍與魔法吧？」

申尙平點了點頭，陸劍璃稍微拉高聲音。

「劍與魔法喔？聽好了，是劍與魔法喔？難道你不想砍怪，不想施法嗎？不想用劍帥氣地斬殺怪物？不想用魔法華麗地消滅怪物？」

「不想。」

「為什麼？」

「妳會劍術或魔法嗎？」

「兩種都會。」

「可是我不會劍術，也不會魔法。」

申尚平嘆了一口氣。

「如果這是遊戲，我當然會很興奮地跑去打怪升級，但這不是遊戲。我活了十六年，唯一拿過的武器是菜刀，砍過最大的東西是西瓜。像我這種連雞都沒殺過的普通人，有可能殺得了怪物嗎？」

申尚平很明白自己的定位。

為了應對遲早有一天會降臨的配角任務，他這陣子租了不少漫畫與小說，不過他關注的焦點並非故事主角，而是毫無特殊能力的配角，並試著把自己代入他們的角色。

然後他得到了一個結論——配角絕不能逞強。

主角逞強有機會臨死翻盤，但配角可就沒那麼好的待遇了。配角一旦陷入絕境，結局往往只有兩種，一是主角登場救人，爲劇情營造高潮場面；一是重傷慘死，爲以後的劇情鋪陳。

智者與愚者的區別，就在於前者不一定要親身體驗過才能得到教訓。透過知識與想像力，申尚平領悟到自己的無能，所以他堅決不去做那些事。

聽完申尚平的解釋，陸劍璃的眼神有些訝異。

「沒想到你這麼理性。」

「妳也可以叫我膽小或懦夫，我不介意。」

「膽小，懦夫。」

「……前言撤回，我還是有點介意。」

艾瑞西亞大陸與地球最大的不同，在於這是一個存在著魔力的世界。

如同創世石板所記載，魔力的法則被刻印於世界之巔，森羅萬象盡皆俯首。魔力乃文明的基石，一切技術與成就基於魔力，不管時代的霸權落入何人之手，這種情況都不會改變，自古如此，世代皆然。

萬物皆有魔力，但並非萬物都能駕馭魔力。

在遙遠的過去，那些天生就能夠駕馭魔力的人類，被稱爲聖使或天選者。

當人類逐漸明白魔力的法則，並嘗試透過系統性學習獲得駕馭魔力的能力後，那些人被稱爲魔法師。

人類成功建立普適性的魔力文明後，那些人被稱爲天賦異稟。

經過七個千年的發展，人類得到了以技術或外物駕馭魔力的能力，躍升爲最強大的種族。但即使如此，人類依舊沒能徹底支配艾瑞西亞大陸，其因同樣在於魔力。

艾瑞西亞大陸有太多天生就能駕馭魔力，並且利用魔力不斷進化的生命體，哪怕人類研究出一發就能炸燬山脈的超魔力爆彈，也還是存在能無視那種破壞力的強大存在。

層出不窮的怪物限制了人類的活動空間，人們必須仰賴魔力結界的庇護才能獲得棲身之所。巴瑞恩也是如此，魔王軍雖然攻陷此地，但沒有撤除魔力結界，以免怪物破壞了人民的平穩生活，降低他們創造財富的速度。

「……等等，妳的意思是，怪物跟魔王軍不一樣嗎？」

「嗯，不一樣喔。」

陸劍璃一邊回答，一邊用劍砍斷正面襲來的紅色觸手。

此時的陸劍璃已換上戰鬥裝備，也就是那身有如性感泳衣般的金屬鎧甲。申尙平也脫掉了皇聖制服，穿上艾瑞西亞風格的衣服。因爲申尙平沒有錢，這身衣服是陸劍璃幫他買的。

雖然申尙平聲稱絕不參與戰鬥，但爲了對艾瑞西亞大陸的情況有更直觀的了解，他還是跟陸劍璃一起前往城外，以便收集第一手情報。

兩人才離開城市沒多久，路邊的雜草便突然暴起，伸出細長的紅色觸手襲擊他們。

根據陸劍璃的說法，這種怪物名爲吸血草，是一種常見的低級怪物。它會主動攻擊生物，吸食血液，而且生命力旺盛，艾瑞西亞大陸上到處都可以見到它們的蹤影。

正因敵人不強，陸劍璃才能一邊戰鬥，一邊分心與申尙平聊天。

「魔王軍是魔族組成的軍隊，怪物就只是怪物。怪物不只是人類，同時也是魔族的敵人……不對，應該說是文明的敵人。因爲怪物不懂創造，只會掠奪與破壞。」

「文明之敵……」

「有一種說法是，怪物是輸給了魔力的生命體。人類戰勝了魔力，所以不僅能夠保持理智，而且還能反過來控制魔力，創造輝煌的文明。」

說完，陸劍璃砍斷了最後一株吸血草。

被打倒的吸血草以肉眼可見的速度變黑，接著分解爲灰燼。

「怪物跟一般生命體最大的不同之處，是怪物一死，體內的魔力便會失控，分解掉屍體，然後產生這個。」

陸劍璃從黑灰中挖出一小顆米粒大的透明晶體。

「這個就是魔力精萃。越強的怪物，魔力精萃越大，價格也越高。我就是靠這個賺錢的。」

「那這顆值多少？」

「很少。大概要湊到十顆才能賣一聖分。」

艾瑞西亞大陸的貨幣單位是聖幣，最小單位是「分」，一聖分可以買一塊硬麵包。

「這裡大概有十幾顆，妳大概花了三分鐘幹掉它們，所以一小時可以賺二十聖分，但是妳必須不斷到處找怪物，扣掉移動花費的時間，實際到手的錢大概要打對折。再加上住宿費、武器保養費、其他開支……」

申尚平心算了下，發現打怪賺錢這條路還挺艱難的。

「怎麼可能光砍吸血草賺錢啊！那是零級冒險者才會做的事！我可是五級喔！連火山熊都能幹掉！」

陸劍璃一臉驕傲地說道。申尚平不知道五級有多了不起，火山熊又有多強，但無所謂，在文明發達的世界，有一種方法可以立刻判斷出一個人的能力。

「所以妳一天能賺多少錢？」

「看運氣，目前最多十聖元，最少三聖元。等我變強，就能幹掉更強的怪物，賺的錢也就越多。」

「妳現在的存款有多少？」

陸劍璃轉過頭不說話，看來是難以啓齒的數字。申尚平什麼話也沒說，只是一直盯著陸劍璃，最後她才低聲回答。

「六十一聖分……不對，因爲剛剛幫你買了衣服，現在只剩四十六聖分了。」

「一個月只存了六十一聖分，剛出社會的菜鳥上班族大概也是這種水平吧……」

「那個……」

「怎麼了？」

「其實我還有負債……我向銀行借了一筆錢，每個月都要還將近兩百五十聖元……」

「兩百五十聖元？等等，妳借了多少？」

「……一萬聖元。」

申尚平立刻倒吸一口冷氣。代入艾瑞西亞大陸的物價水準，這筆錢相當於地球的三萬美元。

「利率呢？貸款年限呢？抵押品呢？」

「百分之五，七年，無抵押。」

「無抵押，也就是信用貸款……百分之五，七年……條件還可以……不對！妳為什麼要借那麼多錢啊？」

「當然是啓動資金啊！不然你以爲我鎧甲哪來的？這個很貴耶！一套就要五千聖元！」

「妳白痴啊！這種怎麼看都是偷工減料的鎧甲，竟然還花五千去買！」

「你才白痴，沒見識的傢伙！這可是附魔鎧甲！而且是自帶輕量化、魔力屏障、毒氣防護、恆溫處理的高級品！做成這樣是爲了方便活動！」

「妳一個月最多賺三百，卻要還兩百五十給銀行，難怪存款那麼少！妳知道理財兩個字怎麼寫嗎？」

「所以我才要你幫忙啊！再這樣下去，我就要破產了！」

是的，這就是陸劍璃之所以把申尙平拉來異世界的原因。

陸劍璃——這位天選的勇者，欽定的主角，人類的救世主，未來的艾瑞西亞大陸之光，目前正面臨隨時可能破產的重大危機。

艾瑞西亞大陸的人類諸國爲了節省經費，並強化民眾自發性討伐怪物的意願，從很早以前就設立了名爲冒險者執照的制度。

顧名思義，擁有這種執照的人稱作冒險者，他們被允許隨身攜帶武器，可以自由進入某些管制場所，擁有許多各式各樣的福利與特權。作爲回報，冒險者每個月都必須消滅一定數量的怪物。

經過數千年的發展與改進，冒險者制度已經變得相當成熟，如今凡是有意願擔任冒險者的民眾，在考取執照後，都能向銀行申請一筆貸款，作爲初始的啓動資金，銀行則會根據申請者的考試成績評定信用等級，核定貸款上限。

當然，這世上不乏那種借得太少導致舉步維艱，借得太多結果還不起的蠢貨——陸劍璃明顯是後者。

「有了好裝備，才能更快打倒高級怪物，賺到更多錢，還清債務啊！就是因爲有了這身裝備，我才能一個月之內從零級升上五級。」

對於自己的高額債務，陸劍璃如此理直氣壯地辯解。

「拜託妳也稍微考量一下財務平衡的問題！是說有必要一開始就買這麼貴的裝備嗎？銀行該不會在借妳錢的時候，順便推銷了什麼超值套餐或優惠方案，然後妳就傻傻地買下去了？」

申尙平一臉狐疑地問道，陸劍璃聞言表情頓時一僵。

「……被我說中了？」

陸劍璃眼神飄向旁邊，申尙平嘆了口氣，心想又一個陷入金融消費陷阱的受害者。

此時兩人已經回到巴瑞恩的旅館，並在一樓大廳商量日後的計畫。從他們來到艾瑞西亞大陸的那一刻，時針的刻度已經移動了六次，如今已是夕陽低垂。這段期間，陸劍璃帶著申尙平簡單地逛過巴瑞恩，後者親身體驗了一遍何謂異世界生活，也對陸劍璃的狀況有了更深的理解。

其他東西暫時先不考慮，眼前最該優先處理的，無疑是陸劍璃入不敷出的問題。

陸劍璃擁有的祝福名為「勇者」，這是一種非常強力的戰鬥型祝福。它給予陸劍璃極其優異的體能、劍術與魔法天賦，讓她變成了世人眼中的超級戰鬥天才。

因為「勇者」的加持，陸劍璃在冒險者執照的考試中獲得了破天荒的成績，令銀行願意借她那麼多錢。陸劍璃也非常爭氣地不斷討伐怪物，短短一個月內就升到五級，締造了有史以來最快的晉升紀錄。

陸劍璃非常得意，心想只要繼續按照這個步調，不斷地購買裝備、提升實力，自己很快就能討伐魔王，成為幻想戰爭的最終贏家。

不久之後，陸劍璃發現狀況似乎有點不對勁。

帳戶裡的存款為什麼一到月底就突然消失了？她慌張地調查了老半天，才驚覺自己的財務狀況竟是如此危險，幾乎已在破產邊緣。

陸劍璃當然不可能就此束手待斃，她苦思了兩天，最後得出結論——獨自作業效率太低！

她沒有同伴，因此每件事情都得親力親為。砍怪、保養武器、收集情報、販賣魔力精萃、採購生活用品……仔細一算，她每天竟有一半時間花在與砍怪無關的事情上。

「我算過了，如果你幫我處理戰鬥之外的雜事，我賺錢的速度就可以提高一倍，這樣一來很快就可以把欠債還清！」

陸劍璃挺起豐滿的胸，一臉自信地說道。申尙平則皺著眉頭，對這方案有些排斥。

「妳就不能先把魔力精萃留下來，再一次把它們賣出去嗎？」

「不行，會消失。魔力精萃會隨著時間慢慢變小，而且是按照體積比例，不管原本有多大，只要一天時間，魔力精萃就會徹底消失。」

「所以一定要當天賣掉……可是既然會變小，代表有專門用來保存它們的儲藏設備吧？有沒有小型一點，個人使用的那種？」

「有喔，有很多種款式，不過都很貴。最便宜的也要二十萬聖元，就算是二手貨，也至少十萬聖元起跳。」

陸劍璃立即回答，顯然早就考慮過這件事，只是實在負擔不起，不得不放棄。

「那就從移動速度著手。我有看到類似汽車的東西，那個買得到嗎？或用租的？」

艾瑞西亞大陸的人類早就發展出以魔力驅動的個人載具，申尙平在城裡看到很多這樣的東西，其中最大的尺寸甚至超過地球的十五噸貨車。

「魔輪嗎？那個也很貴，一台至少五萬聖元。雖然可以用租的，可是除非運送體積很大的東西，不然不划算。」

「沒有小一點的魔輪嗎？像機車那種大小的。」

「有，不過是軍用品，一般人不准持有。」

接著申尙平又陸續提出幾個點子，但被陸劍璃一一駁斥，不是成本太高，就是違反法律，再不然就是技術上行不通。

「……看來只能用一開始的笨方法了。」

申尙平嘆了口氣，明明這裡的文明相當進步，他們卻得用如此原始的方式賺錢，光想就讓人心累。

「你剛才想的我早就想過了。就是因爲眞的沒有辦法，我才會找你幫忙。」

陸劍璃嘟著嘴，一臉不滿地說道。

「好吧，抱歉，我不該對妳的智力有所質疑。那麼，接下來我們來談談報酬部分。」

「欸？」

陸劍璃露出訝異的表情，申尚平見狀，也同樣訝異地望著她。兩人就這樣無言地對望了一分鐘之久。

「……妳、該不會要我免費幫妳工作吧？每天八小時？」

「呃……那、那個……」

被申尚平這麼一問，陸劍璃顯得有些慌亂，看來似乎真的沒想到報酬方面的問題。

「可、可是你不是我的配角嗎？幫我不是很正常的事嗎？」

「我也可以不幫妳。」

「爲什麼？」

「妳必須打倒魔王，但我不必。」

陸劍璃頓時啞口無言。

對陸劍璃來說，打倒魔王就能贏得幻想戰爭，但陸劍璃獲勝了，對申尚平來說有好處嗎？

答案顯然是否。

如果申尚平生活在艾瑞西亞大陸，或許可以享受打倒魔王後的和平紅利，可惜他是地球人，所以就算魔族眞的征服世界，也與他無關。

「那、那個，可以在異世界生活，這不是很難得的經驗嗎？」

「這種經驗一、兩次就很夠了，每天八小時的話還是算了。」

「要是、要是我贏了，我就是這個世界的主角！到時候不管你有什麼願望，我都會幫你實現！」

「這個報酬倒是很有吸引力。」

陸劍璃聞言鬆了一口氣，結果申尚平下一句話又讓她緊張起來。

「可是，那太虛幻了。班上有那麼多使徒，我怎麼知道妳會不會贏？如果妳輸了，我就等於做白工。」

「所以你要努力讓我贏啊！」

「……妳知道嗎？黑心企業最常用來壓榨員工的方式，就是製造看起來很美好，但絕對實現不了的願景喔。」

公司賺錢了就會分紅、無償加班了就會升職、工作做好了就會加薪……老闆們總是努力用言語描繪出美麗的前景，但那往往都是泡沫。

「可是、可是……你是配角……你應該要幫我……」

「是的，我是配角，但我不重要。配角是可以取代的。其實只要僱人幫妳處理各種雜事就行了，妳不這麼做，是因爲想省下這筆錢。」

陸劍璃頓時詞窮。

沒錯，她只要僱人就行了，沒必要非讓申尙平幫忙。甚至可以說，異世界人會比申尙平做得更好，因爲他們是本地人，熟知本地的法律、規則與門路。

既然如此，陸劍璃找申尙平的理由怎麼想就只有一個——省錢。

以陸劍璃目前的經濟狀況，必定是能省則省。這就像是那些剛創業的老闆，爲了累積資本，必定想盡辦法壓低員工薪水與福利，甚至乾脆不付員工薪水。合夥入股、共體時艱、未來分紅、升職加薪，總之餅能畫多大就畫多大，吃不吃得到是另一回事。

陸劍璃嘴角向下彎，眼眶隱約有點泛紅。然而申尙平完全不爲所動，依舊眼神堅定地看著她。

薪資談判最重要的一點，就是堅定自己的立場。

不管對方講大道理、溫情攻勢或賣慘，都不能輕易動搖。你的薪水少了，老闆就賺了，老闆的生意賺了，卻不會回饋給你，除非你重要到無可取代，否則休想老闆會給你額外的利潤。

申尙平是無可取代的嗎？

答案肯定不是。

申尙平是配角，是不必要的棋子，是用過即丟的道具，是可有可無的存在。正因如此，他更該努力爲自己爭取利益。

申尙平與陸劍璃就這樣對望了一分鐘，前者態度始終冷靜，後者眼眸深處卻颳起一場怒氣的風暴，而且有越來越強烈的趨勢。

「不幫就算了！」

於是，談判破裂。

◇

當天午休，申尚平與江孝維如同往常一起吃飯。

「你跟陸劍璃在交往嗎？」

江孝維一邊打開便當，一邊問道。

「沒有。」

申尚平一邊拆開麵包的袋子，一邊回答道。

「原來如此，你拒絕了啊。」

「拒絕什麼？」

「陸劍璃的告白啊。今天早上她突然把你拉出教室，不就是爲了向你告白嗎？她回來的時候臉色會那麼難看，就是因爲被你拒絕了。」

申尙平目瞪口呆地看著江孝維，眼神彷彿看到什麼奇怪的東西。

「……不是嗎？」

「不是。」

「那她找你幹嘛？」

「……她工作遇到了麻煩，想找我幫忙。」

「她也有在打工？」

因爲解釋起來太麻煩，所以申尙平直接點頭。原以爲江孝維不會相信，沒想到他一臉恍然大悟的表情。

「難怪她上課常常打瞌睡，下課時間也老是趴在桌上睡覺，是因爲上夜班嗎？」

「咦？」

「你不知道？喔，你們坐位離得比較遠。我坐在最後面，所以看得很清楚。她不管上課下課都在睡覺，所以綽號是『睡美人』。」

申尙平愣了一下，不過立刻想到了箇中原因。

陸劍璃每天早上八點都會前往夾縫世界，而且在那邊一待就是八小時，幹的還是砍怪這種高勞力工作，回到現實世界後自然累到不行。

想到這裡，申尙平覺得自己沒有貿然答應對方眞是太明智了。他晚上還有打工，可不能白天就耗盡體力。事實上，他今天下課時間也一直在睡覺。

「如果只是找你幫忙，陸劍璃早上的表情爲什麼那麼臭？」

「因爲我不想幫她。」

「欸？爲什麼？幫一下又不會怎麼樣？如果是我，肯定會幫她！」

「每天都要幫忙，沒有報酬，工作很累，而且不知道要幫到什麼時候。」

「這、這個嘛……」

江孝維遲疑了一下，只見他皺眉思考好一會兒，然後點了點頭。

「這是跟美少女增進感情的好機會，我想我還是會幫。」

「……想不到你有成爲工具人的資質。」

「別說得那麼難聽，只是同學之間互相幫忙而已。而且要是我們順勢交往了，那樣的結局不是很幸福嗎？」

「……以後你要是掉進投資詐騙之類的陷阱，拜託千萬別找我借錢。」

「住口！不受歡迎的男人的痛苦與心酸，像你這樣的人是不會了解的！」

話題就這樣轉入無意義的閒聊，申尚平抽空往陸劍璃的座位看了一眼，發現她早已吃完午飯，此時正趴在桌上睡覺。

於是申尚平暗暗點頭，越發覺得自己當時做了正確的決定。

如果是一般的高中生，大概早就答應陸劍璃了吧？畢竟在「異世界的非日常體驗」、「美少女的請求」、「拯救世界的重責大任」等種種要素加持下，很少有青春期男生會拒絕。

遺憾的是，申尚平恰巧屬於「很少」的那一邊。他一週有四天要打工，還得顧及課業，根本沒空幫陸劍璃賺錢還債。

不對，如果我一開始遇到的不是李子璇……搞不好眞的會答應？

想到這裡，申尚平背部不禁冒出冷汗。

由於當初李子璇向申尚平解釋了配角的意義，並且也沒有立刻提出協助的請求，令他得以冷靜思考這一切。如果他一開始遇到的是陸劍璃，很可能會因為遇見異常事件而腦袋沸騰，什麼都沒想就答應幫忙了。

就跟詐騙案一樣……

申尚平曾聽過一種說法，大部分的詐欺案受害者之所以會受騙，並非因為智力太低或太過善良，而是因為他們陷入了思考停滯的狀態。

人們在遇到意外狀況時，往往無法理智地判斷，純憑本能做決定。這是因為人類在漫長的演化過程中，經常面臨各種危及性命的突發事件，在那種情況下，人們根本沒有時間慢慢思考，只能把身體交給本能，瞬間做出反應。這是一種求生機制，而這個機制至今仍深深烙印於人類的大腦裡。

詐騙的第一步，就是讓人遭遇從未處理過的意外事件，像是突然接到警察來電、收到中獎通知、親人的哭訴電話。此時大腦的求生機制就會啓動，驅使人們行動的不再是理性，而是本能，因此很容易被人控制。

詐騙的第二步，就是不斷地催促受害者。急迫感會帶來壓力，壓力會進一步刺激大腦的求生機制，令受害者的本能繼續壓倒理性。另一種做法是提供複雜的指示，並要求對方執行，令受害者的理性全部耗在如何執行指示上。

詐騙的第三步，得手了就跑，從此不再聯絡。不過如果受害者太好騙，騙子很可能會換個方式繼續糾纏受害者，直到徹底榨乾對方。

仔細想想，陸劍璃請求申尙平協助的過程中，跟那些詐騙案頗有共通之處。

想到這裡，申尙平不禁有些感謝李子璇。雖然個性有點奇怪，但正因爲她，自己才得以跳出框架，以更寬闊的視角看待這一切。

然而，這份感激之情只持續到當天放學爲止。

「有點事找你，麻煩跟我來一下。」

李子璇在走廊上攔住申尙平，一臉嚴肅地說道。

「你是她的配角？」

李子璇張大嘴巴，一臉難以置信。申尙平坐在她對面，邊點頭邊吸著冰拿鐵。

兩人此時所在的地方，是皇聖高中附近的一間連鎖咖啡店。李子璇一路上都沒有說話，坐下來之後則是立刻直奔主題——質問申尙平與陸劍璃究竟是什麼關係？

申尙平如實以告，畢竟也不是什麼不可告人的事，然後便有了先前那一幕。

「兩個故事，同一個配角……竟然有這種事……是不是哪裡搞錯了……」

李子璇抱著頭，反應跟當初的陸劍璃一模一樣，於是申尙平也做出跟當初一樣的回答。

「應該可以吧，畢竟只是配角。」

李子璇皺眉看著申尙平，過了好一會兒，她才低聲說道：

「那……你最近都沒找我講話……是因爲你想當她的配角，不想當我的嗎？」

「嗯？不，只是班上好像出現了奇怪的傳聞，所以想說我們還是稍微保持一點距離，等到有事再去找妳就好。」

李子璇微微瞪大了眼睛，她的表情像是放心，又像是生氣，也像是尷尬，總之是申尚平難以讀懂的表情。

「……所以，你還願意當我的配角？」

「有適當報酬的話。」

「報、報酬？」

李子璇愣住了。於是申尚平簡單地描述了下早上的事，不過他並沒有說出陸劍璃的世界系統與遭遇到的困境，這點職業道德他還是有的。

聽完之後，李子璇的表情變得更加複雜。

「你的腦子究竟……不，算了……」

李子璇似乎很想說些什麼，但硬是忍住了。

「……所以，如果我想請你幫忙，也要支付報酬？」

「當然。小事的話無所謂，如果是那種很花時間又很耗體力的事，沒有報酬就太過分了。」

「但你是配角……」

「正因為我是配角，所以可以不幹。」

「不、不幹？」

「配角並不重要，重要的是主角，也就是妳們。主角會被賦予行動理由，否則故事進行不下去，但配角不需要。這個配角不行，換一個就好，所以配角是可以不幹的。」

就像陸劍璃的負債問題，可以幫他解決問題的配角不一定非得是申尙平，找異世界人也可以，而且效果更好。

「雖然我是配角，但請不要因此覺得可以免費使喚我。就算是電影的臨時演員也有薪水可領，雖然不多，但至少有得拿。」

李子璇聽完當場發呆了好一陣子，最後她幽幽地嘆了一口長氣。

「……我大概理解你的想法了。」

「很高興妳能理解。」

李子璇用右手抵住自己的額頭，一臉頭痛地說道：

「怎麼會這樣……本來以爲遇到了其他主角，結果卻是配角……配角就算了，還要跟其他主角共用……共用就算了，還要付報酬才願意工作……這算什麼啊……幕後花絮嗎？還是NG鏡頭？」

李子璇聲音雖低，但申尙平還是聽見了她的抱怨。

「妳好像很想認識其他主角？其他使徒不是妳的競爭對手嗎？你們應該算是敵人吧？」

「就算是敵人，也分成很多種啊。」

李子璇沒好氣地回答。

「使徒之間其實沒有私怨，只是因爲立場才不得不敵對。我想認識其他世界系統的主角，想跟他們一起討論幻想戰爭，也想知道他們是怎麼推進故事的，他們的經驗可以作爲參考。」

「也就是想要竊取情報。」

「才不是那樣！」

李子璇氣鼓鼓地喊道。因爲她的聲音太大，惹來其他客人的注意，申尚平連忙對她比出安靜的手勢，李子璇也立刻捂住自己的嘴。

「妳太大聲了。」

「你以爲是誰害的！別把少女的多愁善感形容得那麼現實！」

「多愁善感？」

申尚平眼神奇怪地看著李子璇，他總覺得這個形容詞與她完全搭不上邊。

「你不是使徒，所以你不懂。」

李子璇嘆了一口氣，然後說道：

「想想看，如果你從小就一直作奇怪的夢，一下子夢到前世的生活，一下子夢到有神在跟你講話，你會有什麼感覺？」

申尚平試著想像了一下，然後皺起眉頭。

「……會懷疑自己有病。」

李子璇用力點了點頭。

「對吧？我也是一樣。一開始我以爲自己只是看太多漫畫，可是每年生日都會作同樣的夢，再遲鈍的人也會察覺到不對勁，開始懷疑自己腦子有問題。你能理解這種心情嗎？」

申尙平能夠理解，他也是從小就覺得自己認知的世界與他人不同，並爲此苦惱許久。

「高中開學當天，看到班上有那麼多使徒，你知道我有多高興嗎？我終於確定自己不是特例，其實有很多人跟我有一樣的遭遇，所以就算是敵人，我也想跟他們當朋友。我有很多事想跟他們說，也有很多事想問他們。我忍了好幾年，如今總算見到了可以分享心事的同伴，這種心情你懂嗎？」

申尙平點了點頭。確定自己腦袋沒問題，是神明作祟之後，他也感覺如釋重負。

「雖然我想跟其他使徒交朋友，可是他們戒心很重，完全不肯理我。每次我一跟他們搭話，他們就會露出懷疑的眼神，好像我打算陷害他們一樣。你知道我的心靈受到多大打擊嗎？」

申尙平點點頭。這是很常見的社交困境，每個人多少都有過類似經驗。

聽到這裡，申尙平不禁想起他與李子璇見面那晚，李子璇態度異常熱情。當時的她，大概以爲遇到了可以名正言順向其他使徒搭話的大好機會吧？可惜的是，她遇到的並非另一個主角，而是無關緊要的配角。

就在這時，申尙平靈光一閃。

「要我把妳介紹給陸劍璃嗎？」

「……欸？」

「因爲存在競爭關係，所以其他使徒才會對妳有戒心。如果讓我當中間人，應該就不會這樣了。」

「……」

「我跟陸劍璃現在的關係有點尷尬，不過如果只是引介，應該沒有什麼大問題。其實我們只是對勞動報酬的認知有分歧，我還沒有幫她做事，她也還沒欠我錢，我們之間的僱傭關係還沒成立。」

「…………」

「怎麼樣？要我幫妳介紹嗎？如果我在場會令妳們尷尬，到時我可以找理由退場，後面交給妳們自己去談。畢竟妳們都是主角，有共通話題，我一個配角在旁邊，有些事妳們應該也不方便說。」

「……夠了。」

李子璇舉起手阻止申尙平繼續講下去，只見她雙肩低垂，滿臉疲憊，彷彿身心遭受某種無形的打擊。

「我們還是來談談報酬的事吧。」

最後李子璇並沒有僱傭申尙平。

兩人只是根據工時、物價、危險性與專業度進行了一番討論，協商出簡單的僱傭報酬。因爲缺乏經驗，所以大部分都是套用現實世界的基準，最後的協商結果是採用時薪制，薪水比照速食店，如果遇到其他狀況再酌量增減。

「你不覺得以高中生的零用錢而言，收費太貴了嗎？」

李子璇一臉無奈地說道，可愛的臉蛋滿是哀怨。

「面對現實吧，便宜的勞力只存在於第三世界國家與幻想之中。」

面對美少女的嬌嗔攻勢，申尙平完全不爲所動。

「現實主義者……不對，你只是比其他人更早社會化，在精神上變成骯髒的大人而已。」

李子璇不愧是可以考上皇聖的人，就連罵人的方式也頗有格調。申尙平則是面帶微笑接受了批評，但對於自己的薪資水準依舊寸步不讓。

在那之後，兩人便分開了。申尙平因爲今天沒有打工，所以跑去網咖看漫畫。這是他最近養成的習慣，配角工作不知道會在哪一天突然降臨，因此有必要儲備相關知識。

申尙平看漫畫的方式與其說是閱讀，更接近瀏覽。他平均每三秒翻一頁，一本書最多只用五分鐘就翻完。他不是在享受作者的故事與畫技，而是在領略作者如何設計劇情。他注意的也不是漫畫主角，而是那些爲數眾多、戲分又少又不重要的配角。

因爲這種不尋常的閱讀方式，比起租書，直接在現場看反而更有效率，再加上冷氣跟免費飲料，非常划算。當然，他絕不會在這種地方點餐，那簡直就是跟自己的錢包過不去。

一旦專心地投入一件事，對時間的流動會變得遲鈍，等到申尙平察覺，時間已是晚上七點，桌上的漫畫也堆得跟小山一樣高。他伸了個懶腰，活動一下僵硬的肩膀，然後踏上回家的道路。

雖然在走路，但腦袋並沒有閒著。申尙平一邊回憶剛才看過的漫畫，一邊歸納與分析資訊。

配角並不重要，但仔細研究之後，申尙平發現他們的存在意外地有趣。

配角的職責就是襯托主角，所以他們會做出在讀者看來顯得愚蠢或不合理的行動，以突顯主角的優秀或某些特質，這種類型的配角往往下場淒慘。

當然，也有獲得幸福結局的配角，但跟墜入破滅深淵的配角比起來，比例異常地少。這種幸福配角通常身懷重要戲分，並具備一定存在感。

申尙平當然希望自己的配角之路能走上幸福而非破滅之道，可惜這種事不是他說了算，天知道那些神會安排什麼工作給他，所以他研究的方向在於「迴避惡果」。

假設，這裡有個被反派纏住，不得不向主角求救的小小配角。

爲了突顯反派的暴虐、主角的正氣、配角的可憐，反派很可能會當場幹掉這名配角，或是令配角身受重傷。如果申尙平就是那名配角，該怎麼做才能迴避最糟的結局？他這陣子一直在思考這件事。

然後，他想起了李子璇對自己的評語。

在精神上變成骯髒的大人——雖然帶有開玩笑的成分，但在某方面也指出了事實。

申尙平性格孤僻。

雖然上了高中之後情況有所改變，但在國中時期，申尙平的人際關係只能用貧乏來形容。他有朋友，但僅止於見面會點頭打招呼，問話會回應的程度，也就是泛泛之交。像那種午休會一起吃便當、放假一起出去玩的朋友，申尙平一個也沒有。

申尙平對世界的認知與他人不同。

越是跟人深交，那種疏離感越是強烈，這點不斷地提醒他「你腦袋有問題」，爲了不讓自己的精神頻繁受到刺激，他只能與人保持適當距離。

申尙平選擇用讀書塡補空白的社交時間。他涉獵範圍很廣，當然也會看漫畫，類型上沒什麼特別的偏好，硬要說的話，商業書籍的比例比較多。

申尙平的老家經營一間雜貨店，父母整天抱怨生意難做，他爲了確認究竟是哪裡出了問題，便嘗試在書裡找答案。他會開口薪水閉口報酬的，就是當時養成的觀念。

幾乎壓在極限邊緣的生活費，還有瞞著家人的打工，進一步助長了這種遇見每件事都要衡量利益得失的習慣。

這種情況有利也有弊，至少申尙平發現，自己的精神似乎缺少什麼。

幻想戰爭——無論怎麼看，這都是極爲荒謬的非日常事件。

一般人要是被捲入這種事，通常會陷入某種程度的狂熱、自戀與幻想，但正因爲申尙平的精神缺少了什麼，反而令他的思維能迅速跳脫泥沼，以客觀角度看待這一切。

自己與眾不同。

自己是特別的。

自己很不一樣。

只因爲有了罕見的經歷，心裡就萌生優越感，並將自己與他人切隔開來，這正是菁英主義與選民思想的苗床。

然而那種情感只是錯覺。

人人都希望自己與眾不同。

人人都希望自己是特別的。

人人都希望自己很不一樣。

但是——期望與現實不能混爲一談。

現實是，你的與眾不同只是幻想。

現實是，你的特別其實並不特別。

現實是，你的不一樣沒有意義。

不是謙虛，也不是自我貶低，而是客觀地審視了自己、他人與環境之後得到的結論。

即使如此，申尙平也沒興趣爲了他人犧牲自己。他完全不想因成就魔法少女或勇者的故事，讓自己遭遇更多不幸，所以他必須累積相關知識，並盡力爭取更好的待遇——這跟現實世界的求職是一樣的道理。

從李子璇的反應來看，她對申尙平提出的勞動條件相當不滿，因此短期內應該不會找他幫忙。但這正合申尙平的心意，像那種對未來職涯發展毫無益處的配角工作，自然越少越好。

……然而，世事不會因爲人的意志而停止運轉。

當天晚上，申尙平寫完作業、複習完功課、做完家事，玩了一會兒手機之後，在十一點準時爬上自己的床。過去他總可以直接一覺到天亮，沒想到這次卻突然在半夜醒了過來。

然後——他發現自己正站在摩天大樓的天台上。

巨大的紅月高懸於夜空，無數星辰交織出璀璨銀河。都市燈火明亮，卻完全掩蓋不了自天空披掛而下的星月之光。

申尚平站在大樓天台上，一臉驚訝地看著眼前景象。他明明在家睡得好好的，結果一睜開眼就出現於此處。

申尚平低頭看了看，發現自己穿的不是睡衣，而是學校制服。他試著用力捏一下自己，感覺到明確的疼痛。

作夢？現實？幻覺？怎麼回事？我是誰？我在哪裡？我要做什麼？申尚平腦中湧現無數疑問。

「——尚平？」

申尚平背後突然響起了熟悉的聲音。他連忙轉頭，發現李子璇正站在不遠處，穿著可愛又華麗的洋裝，一臉驚訝地看著自己。

「你/妳怎麼會在這裡！」

兩人同時發問，然後一起陷入沉默。

夜風吹拂，申尚平看著眼前的李子璇，心中隱隱有了答案。

「這裡是夢世界……我的、不對，應該說是魔法少女的世界。」

「果然……」

申尙平露出牙疼般的表情。

「爲什麼我會在這裡啊？妳做了什麼？」

「我不知道！我還想問你爲什麼會出現在這裡呢！」

「不是妳把我拉過來的嗎？」

「我做不到那種事。」

「那我爲什麼會跑來這裡？」

「那是我的台詞，你爲什麼會出現在這裡啊？」

對話進入了無意義的迴圈。

就在這時，空中突然傳來雷鳴般的咆哮，李子璇臉色頓時一變。

「糟糕，牠們來了！」

「誰？」

「惡夢蠕蟲！」

李子璇抬頭望向天空，申尙平也跟著看過去。

遠方天空泛起無數空間漣漪，灰紅相間的巨大長蟲從漣漪中緩緩現身。長蟲大小不一，體型從數公尺到數十公尺不等，有蒼蠅般的複眼與剪刀狀的口器，令人一看就覺得毛骨悚然。

灰紅色長蟲的數量直逼三位數，更可怕的是，牠們全都會飛！

見滿天惡夢蠕蟲，申尙平不禁倒抽一口冷氣，李子璇則臉色凝重地往前踏了一步。

「噬夢之宴開始了！我要阻止牠們，你先在這裡等……不對，太危險了，你跟在我旁邊吧。」

「旁、旁邊？」

「**夢幻武裝、解放！**」

李子璇張開右手手掌，掌心立刻浮現一團柔和的粉紅色光芒。粉紅光芒由圓球化爲棒狀，啪的一聲變成實體——一支極具魔法少女風格的可愛扳手。

李子璇舉起扳手點了一下，申尙平立刻被一層半透明的球狀薄膜包住。

「我們走！」

李子璇用力一跳，直接飛上天空，申尙平彷彿被某種看不見的力量托住，也跟著飛上天。

申尙平一臉呆滯地跟在李子璇身後，過了數秒才猛然驚醒。

「喂！等等！那些是什麼東西！妳飛過去幹嘛？」

「牠們是惡夢蠕蟲，專門吞食人類的精神力。我的工作就是阻止牠們！」

「那爲什麼要帶上我啊！」

「你現在是精神體，也是惡夢蠕蟲最喜歡的食物。要是離得太遠，我沒辦法及時救你。」

「我可以找地方躲起來！」

「沒用的。惡夢蠕蟲的感知非常敏銳，而且可以穿透任何障礙物。不論你躲到哪裡，都會被牠們找到。唯有躲在我的護盾裡才安全。」

「妳可以先幫我張開護盾，再找個無人的角落把我塞進去！」

「離我太遠的話，護盾會消失。」

「這種設定太不貼心啦！」

兩人速度極快，與蟲群之間的距離迅速拉近。蟲群察覺到兩人靠近，立刻朝他們衝了過來。

「喝！」

李子璇暴喝一聲，同時揮動扳手。只見扳手前端噴出粉紅色光柱，在夜空中劃過一道耀眼的軌跡，光柱掃及之處，惡夢蠕蟲紛紛爆炸。

「喝啊啊啊啊啊啊啊啊！」

李子璇直接殺入蟲群之中，毫無慈悲地大肆屠殺惡夢蠕蟲。悶雷般的爆炸聲連環響起，天空降下黑色的腥臭血雨，斷肢與碎片四處飛濺。

「嘻哈哈哈哈哈哈——！再來再來再來！再來呀——！」

李子璇雙眼充滿鮮紅的血絲，一邊狂笑一邊揮舞扳手。她的動作一看就知道沒有受

過任何系統性訓練，也就是所謂的亂打，但由於破壞力實在太強，惡夢蠕蟲只要一被掃到就會爆炸，所以動作漂亮與否反而不重要了，完全體現出什麼叫「大力出奇蹟」。

一旁的申尚平看得目瞪口呆，這跟他想像中的魔法少女畫風實在差得太遠。眼前的李子璇與其說是魔法少女，更像一名狂戰士。

偶爾也會有一些惡夢蠕蟲穿過李子璇的攻擊，試圖襲擊申尚平，但全都被護盾擋住了。這層球狀薄膜雖然看起來輕飄飄的很不可靠，其實非常堅固。

惡夢蠕蟲數量雖多，也禁不起李子璇如此瘋狂的野蠻殺戮，偌大蟲群轉眼間被殺得所剩無幾。

就在這時，一股令人心悸的波動掃過天空。

那股波動來得極其突然，也極其明顯，連申尚平都察覺到它的出現。李子璇立刻停止屠殺蟲子，臉色凝重地俯瞰下方城市。

「怎麼了？現在是怎麼回事？」

「進化了……有惡夢蠕蟲吃了足夠的精神能量，進化到第二形態了。」

「第二形態？那會怎麼樣？」

「牠們會獲得實體，可以直接從夢世界闖進現實世界。還記得我們當初見面時的事嗎？當時我就是在追殺第二形態的惡夢蠕蟲。」

李子璇才剛說完，立刻就有一道黑影從下方城市竄上天空，筆直地朝紅月飛去。

黑影的真面目正是惡夢蠕蟲，李子璇見狀立刻衝向紅月，申尙平當然也被拉了過去。

「**夢幻武裝、雙重形態！**」

李子璇大喊，她的左掌心綻放出粉紅色光芒，然後變出一支很有魔法少女風格的鎚子。她就這樣右手扳手、左手鎚子，一臉凶殘地撲向目標。

雙方距離飛速縮短，惡夢蠕蟲一進入射程範圍，李子璇立刻橫掃扳手發動攻擊。然而進化後的惡夢蠕蟲明顯實力大增，不僅閃過扳手攻擊，甚至反過來撲向李子璇。

「白痴，每次都是同一套。」

李子璇面露冷笑，舉起扳手架住惡夢蠕蟲迎面刺來的口器，同時左手鎚子爆發出灼目的粉紅色光芒。

「粉碎吧！」

李子璇的鎚子擊中惡夢蠕蟲的口器。下一瞬間，巨大力量貫穿惡夢蠕蟲的身體，以口器爲起點，一路爆炸到尾巴。

解決了惡夢蠕蟲後，李子璇吐出一口長氣，然後俯視下方城市。

「……剛才來不及殺掉的惡夢蠕蟲會潛入城市，吞食人類的精神力，等到進化完成，牠們會飛向月亮，闖進現實世界。我的任務就是阻止牠們。」

李子璇低聲說道，她的表情非常平靜，先前的狂暴宛如假的一樣。

空中風聲極響，然而申尙平卻能聽清楚她說的話，這顯然也是魔法的力量。

「所以妳接下來要追殺牠們嗎？」

「來不及。」

「來不及？」

就在這時，申尙平發現李子璇的身影似乎有些透明，他揉揉眼睛，以爲自己眼睛出了問題，結果發現自己的手也變得透明。

「我們要回歸了。」

「回歸？」

「嗯，魔力消耗到一定程度後，我就會自動回歸現實世界。本來可以撐更久一點，但今天爲了保護你，消耗不少魔力。詳細情況我們明天再討論吧。」

「等一下，我──」

申尚平還想說些什麼，然而意識突然變成一片白光，下一秒，他眼前出現了熟悉的天花板。

這裡正是他的房間，床頭前的時鐘指著六點半。

◇

「究竟是怎麼回事？」

第一節課的下課時間，申尙平直奔李子璇的座位，拋出上述質疑。如果不是李子璇直到上課鐘響前的最後一刻才出現，他早在早自習時間就衝過去了。

「我不是說了我不知道嗎！」

李子璇一臉不高興地說道，給出的答案也跟當時一模一樣。

「眞的不是妳幹的嗎？」

「就說不是了！我沒有把人拉入夢世界的能力啦！而且就算把你拉去夢世界也沒有好處，只會給我添麻煩！」

李子璇指著申尙平的鼻子，一臉氣憤地說道：

「就像昨晚！如果你不在，我就能先全滅第一形態的惡夢蠕蟲，再處理後來出現的第二形態了。現在漏掉好幾隻，以後還不知道要花幾倍魔力才能解決！吃虧的可是我耶！」

「可是我看妳打得很輕鬆。」

「又不是你出力！看別人做事當然輕鬆！而且你以爲魔力很好獲得嗎？我可是從小學就一直努力，好不容易才把自己的魔力鍛鍊到現在這種程度。你就像那些只會羨慕別人成績好，自己卻不肯認真讀書的笨蛋一樣，只會把問題推到別人頭上！稍微用你那顆生鏽的腦袋想一下就知道了，我昨天白天才跟你講好關於報酬的問題，晚上就突然把你拉到夢世界，這合理嗎？如果真要算計你，我幹嘛白天浪費時間跟你講那麼久？」

李子璇又是劈里啪啦地一陣痛罵，申尙平懷疑她之前恐怕累積了不少精神壓力，趁這時候一起釋放出來了。

申尙平沒有回嘴，只是默默地傾聽。用情緒對抗情緒是沒有用的，用理性對抗情緒同樣毫無意義，唯有輸出情緒的一方主動停止，對話才能有所進展，這是申尙平從日常生活與心理學書籍中學到的知識。

申尙平當然也不是平白坐在那邊挨罵，他正在趁機收集資訊。

人類在情緒亢奮的時候，往往容易口不擇言，不小心洩露出理應保密的消息。

「原來妳從小就在打那種怪蟲了啊，很辛苦吧？」

「當然，明明還是小學生卻要跟怪蟲戰鬥，這根本就是精神虐待！我沒瘋掉已經是很了不起的事了！」

申尙平有些理解李子璇爲什麼會那麼狂躁了，她的心靈恐怕早就受到創傷了吧。使徒的覺醒是漸進式的，他們雖然會夢見前世的經歷，但心智並不會因此增長。恐怖的東西還是會覺得恐怖，討厭的東西還是會覺得討厭。從小就要面對那種噁心的巨大蟲子，換作是他也會受不了。仔細想想，魔法少女還眞是個殘忍的職業。

「不過妳也很厲害啊，還是小學生的時候就能打贏牠們。」

「還好啦，我們在夢世界是精神體形態，所以不會被肉體的運動能力限制住。百米五秒五、空翻九十九圈、在牆上跑步什麼的，這些事全都做得到，當然可以飛，重點在於想像力，也就是所謂的心想事成。」

「好方便！」

「方便個鬼！你現在是不是覺得很累、很想睡？」

「……妳怎麼知道？」

「在夢世界活動會消耗精神力。明明體力充足，但就是會覺得累。你的狀況還好，因爲昨晚都是我在保護你，要是你活動再激烈一點，今天早上肯定爬不起來。我第一次戰鬥結束後，就請假在家躺了一整天。」

隨著話題深入，李子璇開始述說自己擔任魔法少女後的種種辛苦與無奈。

自從六歲生日當晚覺醒之後，李子璇就會不時被拉進夢世界跟惡夢蠕蟲戰鬥。每個月少則三、四次，多則八、九次，而且完全不考慮本人的意願，也就是所謂的強制工作。

身為魔法少女系使徒，李子璇的前世自然活在有魔法少女的世界。在那個世界，魔法少女的存在並非祕密，而是會公開在眾人面前活動。魔法少女的真實身分不僅受國家保護，而且還有薪水可領，簡直就和公務員差不多。

因為政府大力宣傳，那個世界的魔法少女堪稱全民偶像，長年佔據「女生長大後最想從事的職業」第一名，李子璇前世也是如此。

獲得轉生前的記憶後，李子璇一開始還興奮不已，但那股熱情很快就消退了。

在這個世界，魔法少女是隱密的存在，無法享受鮮花、掌聲與歡呼，當然也沒有報酬，一點好處也沒有。

「如果不是神說可以改造這個世界，我才不想幹呢！」

李子璇之所以願意繼續擔任魔法少女，是因爲神明答應她如果贏得了幻想戰爭，就會將這個世界變成前世那個世界的模樣，也就是公開魔法少女。

在那之後，李子璇便與怪蟲展開了漫長的鬥爭。

就像玩遊戲時，打倒敵人可以獲得經驗值一樣，每當消滅一隻惡夢蠕蟲，李子璇就能獲得對方一小部分力量，強化自己的精神力。就這樣，她從六歲一路奮戰到十六歲，與怪蟲整整打了十年之久。

聽到這裡，申尙平忍不住提出疑問。

「等一下，妳打了十年？幻想戰爭不是妳上高中的時候才開始的嗎？」

申尙平記得很清楚，李子璇曾說過幻想戰爭的期限是三年，也就是使徒們從高中入學到畢業的這段時間。

「對，高中入學才正式開始，之前只是預演，或者說是練習。」

「預演……」

「你總得先學好知識才能去考試吧？連槍也不會用的人，有辦法上戰場嗎？十六歲前的戰鬥，都是爲了累積實力。不只是我，所有的使徒都是這樣。我們從小就開始過著異於常人的生活了。」

申尙平聞言點了點頭。他從小就過得很平凡，這樣看來自己果然不是使徒。

「……那麼，如果不是妳，那就是神把我拉進夢世界的吧？」

話題重回原軌，李子璇點了點頭。

「嗯。看來神打算給你安排戲分了，這跟我無關。」

「幕後黑手是神……祂肯定不會付薪水吧……」

申尙平雙手抱胸，眼神憂鬱地自言自語。李子璇聞言不禁傻眼。

「都這種時候了，你竟然還在想薪水？」

「當然。祂找我當配角，有經過我的同意嗎？你們使徒贏了有獎勵，可是我呢？就算是神，也休想強迫別人無償勞動！我的座右銘是有付出就要有收穫！拒絕黑心雇主！拒絕無良企業！」

「你也太激動了吧……」

「因爲我討厭無償勞動。如果未來可以得到好處，還可以視爲提前投資，可是當妳的故事配角，怎麼看都沒有好處吧？」

「怎會沒有？如果我贏了幻想戰爭，我可以答應你，幫你上班的公司代言產品。」

申尙平微微皺眉，這種好處聽起來實在有些微妙，李子璇見狀忍不住提高聲音。

「你那是什麼表情？在我原本的世界，只有一流品牌才有機會被魔法少女代言喔！最新款手機！鑽石項鍊！名牌包包！超級跑車！能被拯救世界的魔法少女代言，可是有錢都買不到的機會！」

「……那種充滿銅臭味的魔法少女聽起來眞令人討厭。」

「要怪就怪這個貪婪的社會。魔法少女救得了世界，但救不了人性。」

李子璇說了一句頗有哲理的話。申尙平聞言先是點點頭，然後又搖了搖頭。

「雖然有道理，但我還是不想幹。就算有好處，也要妳眞的贏了才能實現，對我來說風險太大。」

「風險越大，回報也越大喔。」

「那是騙子最喜歡的台詞。真正的聰明人，會想辦法把風險轉嫁給別人。」

「你也可以這麼做啊。」

「我不覺得我很聰明，而且我也找不到可以轉嫁風險的對象。」

申尙平舉起雙手，在胸前比了一個×。

「總之，我什麼都不會做。就算是神的安排，我也不打算無償勞動。」

申尙平斬釘截鐵地說道。李子璇呆愣地看著他，然後嘆了口氣，回道：「隨便你吧。」

申尙平是認眞的。

俗話說「裝睡的人叫不醒」，既然魔法少女之神可以強制安排他上班，那他也可以消極怠工。只要自己堅決不配合，對方應該就會失去耐心，選其他人當配角了，畢竟這個世界有數十億人，配角的人選沒道理非他不可。

申尙平決定仿效過去某位偉人，將不合作運動貫徹到底，只是這次他要對抗的不是殖民地政府，而是魔法少女之神。

◇

紅月高懸的夜晚，摩天大樓的樓頂上站著兩道人影。

「……你還打算繼續怠工嗎？」

「……算了，這樣下去不是辦法。」

這兩道人影正是申尙平與李子璇。

他們又被拉進了夢世界，這已是這週以來的第五次了。

申尙平貫徹了自己的怠工宣言，從頭躺平到尾，什麼事都沒做，然而魔法少女之神依舊一次次地把他拉進夢世界。

眼見對方似乎打算奉陪到底，申尙平只好舉手投降。

更正確來說，是他的身體撐不住了。

在夢世界行動會消耗精神力，即使申尙平什麼都不做，精神力也會有所減損。根據李子璇的說法，失去的精神力只要好好睡一覺就能補足，但連續四晚都被拉進夢世界的他們，根本無法補充精神力。

精神力的耗損會反應於現實世界的肉體上，如今的申尙平白天只想睡覺，根本無法專心讀書，打工也頻頻失誤，更糟糕的是期中考快到了，再這樣下去，後果不堪設想。

李子璇的情況比申尙平更慘，因爲她還要負責戰鬥，精神力的消耗更加嚴重。李子璇每天都用充滿殺氣的眼神瞪著申尙平，表情像是隨時會從書包裡面拿出菜刀一樣。

爲了維護自己的人身安全，申尙平只好與李子璇達成協議，這次就不收費了，兩人一起合作解決問題。

「我早就說過了。對方是神，我們根本沒辦法反抗。」

「明明是神還那麼小氣，就是這點令人不爽。」

「你有沒有看過聖經？」

「沒有。」

「裡面的神就是那個德行，老是在試探、試驗、考驗，還要你絕對不能生氣，要聽話，要成熟一點。」

「聽妳這麼一說，我更不想看了。」

兩人一邊交換對神明毫無敬意的對話，一邊站在樓頂等待。

過了不久，遠方的夜空冒出一圈圈漣漪，惡夢蠕蟲從漣漪中緩緩飛出。李子璇見狀立刻平舉雙手，掌心湧現粉紅色光芒。

「**夢幻武裝、解放！雙重形態！**」

粉紅色光芒立刻化為實體——魔法少女風格的扳手與釘槍。

李子璇將釘槍拋給申尚平，一邊幫他張開護盾，一邊說道：

「最遠射程兩百公尺，子彈來自我的魔力，所以不要亂射，要是我的魔力消耗太多，就會強制回歸。」

「那我最多可以射幾發？」

「三十……不，大概二十發。」

「威力呢？」

「尺寸比較小的惡夢蠕蟲，一發就能解決。第二形態的話，大約要五十發吧。」

「差太多了吧？」

「因爲遠程武器的威力是固定的，只有近戰武器才能調整，所以我才不喜歡用釘槍，打小蟲浪費魔力，打大蟲浪費時間。」

申尙平想起李子璇確實每次都會突入敵陣大開殺戒，他還以爲那是她的興趣，原來是基於效率考量。

「知道了，我盡量挑小蟲打。」

「加油，今晚絕不讓任何一隻溜走。」

申尙平與李子璇一起點了點頭，然後並肩飛向遠方的蟲群。

這就是他們今晚的計畫——全殲惡夢蠕蟲。

幻想戰爭跟電玩遊戲不一樣，不會顯示任務提示，也不會有路人突然冒出一句解謎關鍵，只能依靠自己的觀察與思考。他們根本不知道神爲什麼要不斷把他們拉進夢世界，所以只能採用最常見的試錯法。

申尙平與李子璇白天商量過了，他們認爲最可能的就是逃竄的惡夢蠕蟲數量過多，只要把牠們全部消滅，或許就可以中止他們的夢世界連續打卡記錄。

根據李子璇的經驗，一旦有惡夢蠕蟲進化到第二形態，她就會被拉進夢世界打擊蟲群。她認爲就是因爲之前逃掉的惡夢蠕蟲太多，每晚都有惡夢蠕蟲進化，以致他們每晚都得進夢世界殺蟲。

「再等一下，近一點比較好打！」

蟲群已經進入釘槍射程，但李子璇要求申尙平先別開槍。申尙平接受了她的建議，他對自己的射擊技術沒什麼自信，子彈有限，不能隨便浪費。

沒過多久，雙方正式接觸了。

「殺啊啊啊啊啊——！」

咆哮著，李子璇舞動扳手衝入敵陣，一開始就火力全開。

連續幾天沒睡好累積下來的煩躁與怒氣，在此刻成了導火線，將李子璇徹底點燃。

從扳手尖端噴出的魔力束流，其射程不僅比以往更長，威力也更強，以致惡夢蠕蟲爆炸的速度遠勝從前。

申尚平也沒閒著，他瞄準那些從李子璇攻擊空隙鑽過來的惡夢蠕蟲，一槍一隻地消滅牠們。他不重視速度，等確實有把握擊中時才會扣扳機，因此雖然打得慢，但絕不會落空。

突然間，一股波動掃過天空。

「要來了！」

「來得及！只剩三隻！」

那股波動正是進化型惡夢蠕蟲準備登場的信號。

以往這時第一形態的蟲群還剩下七、八隻，並且開始逃跑。那時李子璇總是不得不放棄追擊，優先攔截進化型蟲子，但今晚不一樣，第一形態的蟲子所剩無幾，就算全殲牠們，也有足夠的時間攔截進化型蟲子。

申尚平開槍消滅一隻，李子璇用扳手砸死兩隻，至此，第一形態的惡夢蠕蟲徹底退出了戰場。

「好！接下來只要幹掉第二形態就——就……欸……？」

李子璇的聲音由原本的興奮轉為錯愕，原因來自於她眼中倒映的畫面。

從下方城市竄出的進化型惡夢蠕蟲，足足有十隻！

「怎麼可能這麼多——？」

李子璇一臉難以置信地喊道，一旁的申尙平也露出驚訝表情。

這幾天，進化型惡夢蠕蟲的最高記錄是一晚三隻，如今數量竟翻了三倍，任誰看了都會震驚。

瞬間，申尙平腦中閃過一道靈光。

「進化速度！」

申尙平大喊道，他終於發現魔法少女之神安排的任務是什麼了。

「牠們的進化速度變快了！必須找出原因！不然我們以後會一直被拉進夢世界！」

夢世界是專屬於魔法少女的戰場，然而身為魔法少女的李子璇無法任意進出此地，當然也無法帶其他人進出。

自從六歲生日之後，李子璇便不定期被拉進夢世界，過了這麼多年，她也察覺一些規律。李子璇發現，只有當惡夢蠕蟲進化到第二形態，她才會被拉入夢世界，目的是阻止牠們飛向紅月，入侵現實世界。

在進化型惡夢蠕蟲飛向紅月之前，會先出現一大波原始型惡夢蠕蟲，這可以看作是掩護。先用原始型惡夢蠕蟲引開魔法少女的注意力，順便消耗魔法少女的魔力，再讓進化型惡夢蠕蟲尋隙飛向紅月，就算失敗了，其他原始型也可以趁著空檔潛入夢世界，獲得進化的機會。

原始型與進化型惡夢蠕蟲之所以不同時出現，是因爲魔法少女肯定會先消滅進化型，如此一來將原始型投入戰場的意義就沒有了。

由於李子璇只有一個人，每次打擊惡夢蠕蟲時，總有幾隻可以逃過她的獵捕，潛伏於夢世界，偷偷呑食人類的精神力。

根據過去經驗，惡夢蠕蟲大概要花上一至兩週才能進化，由於個體之間的進化速度不完全一致，因此李子璇從未遇過「進化型惡夢蠕蟲大軍」這種惡夢般的場景。

然而，那個場景在今晚化成了現實。

面對從城市飛速升空的進化型惡夢蠕蟲，李子璇的臉色變得一片蒼白。

「打得贏嗎？」

申尚平朝李子璇大喊，後者彷彿沒有聽見，整個人飄在空中動也不動。

「喂！聽見了嗎？打得贏嗎？喂——？」

申尚平嘖了一聲，然後舉起釘槍朝李子璇背部射擊。李子璇也有護盾，因此沒受傷，只是被來自後方的攻擊嚇了一跳。

「你幹嘛啦！」

「現在不是發呆的時候！快說！妳有辦法打贏牠們嗎？」

「呃……」

李子璇看著自下方逐漸逼近的惡夢蠕蟲，露出了苦澀的神情。

「不知道，我從沒打過這麼多第二形態……剩下的魔力勉強夠用……可這個數量……」

李子璇只有一個人，當她攻擊一隻惡夢蠕蟲時，其他惡夢蠕蟲就能趁機縮短與紅月的距離。根據過往經驗，李子璇判斷自己最多只能攔住五隻。

一旦惡夢蠕蟲入侵現實世界，事情就麻煩了。若惡夢蠕蟲在現實世界作亂，驚動警察與媒體，到那個地步，李子璇也想像不出接下來會發生什麼事，唯一可以確定的是，她的結局肯定很慘，甚至可能直接被踢出幻想戰爭，成爲值得紀念的一號淘汰者。

想到這裡，李子璇的表情變得更加絕望。

就這樣輸掉了嗎？她心想。

第一次面對蟲子時，被牠們可怕的外形嚇到差點哭出來。

上了國中之後，爲了兼顧戰鬥與讀書，幾乎每天都睡眠不足。

無人能夠理解自己，每次戰鬥結束後，只能感受到陣陣空虛與孤寂。

忍耐了那麼久，努力了那麼久，結果卻是這樣嗎？自己的努力究竟有什麼意義？自己活到現在究竟是爲了什麼？早知道結果是這樣，還不如不要轉生，直接死掉還……

這時，李子璇的腦袋被射了一槍。她一臉愕然地轉頭，發現凶手正皺眉瞪著她。

「現在是發呆的時候嗎！到底有沒有？」

申尚平大吼道，李子璇一時反應不過來。

「……欸？」

「網子啦！網子！有沒有網子？」

「……咦？」

「繩子也行，籠子也行，反正就是可以困住蟲的東西！妳不是會魔法嗎？有沒有辦法變出那些東西？我來綁住牠們！妳來解決牠們！分工合作！就是這樣！」

李子璇頓時恍然大悟。兩位數的進化型惡夢蠕蟲實在太有衝擊力，令她忘記自己現在並非孤軍奮戰。

「有……有！沒有網子，可是有釘子！」

李子璇左手掌心浮現一團粉紅色光芒，下一秒，粉紅光芒化爲數根金色釘子。

「用這個！只要刺中了，牠們的動作就會暫停幾秒！」

申尚平一臉呆愣地看著李子璇手中的金色釘子。這些金色釘子長約五十公分，直徑約三公分，乍看之下就像是西洋刺劍。

「怎麼了？拿去啊！牠們快來了！」

「……不是，妳有沒有用拋的、用扔的，或是用射的武器？」

李子璇用力搖頭。

「……所以妳的意思是，要我衝到那些蟲子面前給牠們一釘？」

李子璇用力點頭。

「我……」

申尚平臉孔扭曲，心中湧現想噴髒話的衝動。他一個連菜刀都沒拿過幾次的高中生，拿著魔法釘槍躲在後面咻咻咻也就算了，現在卻得拿魔法釘子跟巨大怪蟲打近身戰？難度未免飆升得太高了吧！

申尚平一邊在心中瘋狂抱怨，一邊搶過金色釘子，咬牙低喊：

「釘就釘！可是我不敢保證可以釘中多少隻，妳動作一定要快一點！」

「我知道。只要能夠釘住五隻……四隻……不，三隻就好！只要釘住三隻，我就來得及把牠們統統幹掉！」

「……三隻嗎？我盡量。」

申尙平表情凝重地瞪著下方的惡夢蠕蟲，然後轉頭看向手中那堆金色釘子。

「能不能把它們綁在我背上？這樣很難拿。」

李子璇準備了十根金色釘子，金色釘子非常輕，幾乎感受不到重量，但十根加起來體積實在太大，申尙平只能用左手把它們抱在腋下，這樣實在不好活動。

李子璇用扳手點一點，釘子立刻縮小成五公分左右的長度。

「用力折就會變回來，小心不要刺到自己。」

申尙平點了點頭，他先將一根釘子變回原來的尺寸，並用右手握住，其他釘子則是夾在左手的指縫之間。

做完這些事後，他用力吸了一口氣。

夢世界裡的他只是精神體，沒有肺臟，當然也不須要呼吸，他這麼做只是下意識的習慣。普通人在面對重要場面時，幾乎都會用這種方式舒緩緊張的情緒。

「上吧！」

申尙平大喊一聲，然後衝向惡夢蠕蟲。

在夢世界這幾天，申尙平也不是眞的完全什麼事都沒做，旁觀李子璇殺蟲時，他順便確認了精神體的活動原理。

一言蔽之，就是心想事成。

只要能想像，就做得出來。相反地，只要無法想像，便絕對做不到。

雖然人們常說「想像力是無限的」這種話，但事實並非如此。

人類無法想像從未見過、從未聽說、從未認知的東西。人類的神話與傳說都是由現實事物衍生的，不存在無中生有這種事。

想像力的基石，源於自我的經驗與體驗。

申尙平可以飛行，是因爲看過鳥在空中飛，也玩過摩天輪跟雲霄飛車，所以大概想像得出那是怎樣的情況。反過來說，只要無法想像，或是想像的東西違逆了自己的經驗與體驗，那就絕對做不到。

所以申尙平無法穿牆，無法透視，也射不出氣功波，因爲那些想像僅有空殼。

飛向惡夢蠕蟲的申尙平，此時腦中只有一個念頭——更快一點！

申尙平不像李子璇一樣有豐富的戰鬥經驗，在戰鬥方面完全是外行人的他，想要在無傷情況下刺中蟲子，唯一的解方就是速度。

只要快到蟲子反應不過來，就可以刺中牠們——

就算蟲子閃躲，只要夠快，就有再刺一次的機會——

如果蟲子攻擊自己，就算反應慢了點，只要閃得夠快就沒事——

簡單來說就是速度，正確來說也是速度，嚴格來說還是速度，總之只要夠快，人生就有希望！

申尙平有如流星般筆直墜落，他毫不理會飛在最前方的惡夢蠕蟲，將目標放在後面那隻，因爲他知道李子璇肯定會先解決最前面那隻。

果不其然，當他驚險地躲過第二隻惡夢蠕蟲的口器，並將釘子刺進對方身體，後方傳來爆炸的巨響與衝擊波。李子璇成功幹掉了最前面的惡夢蠕蟲。

申尚平繼續高速飛行，然後突然銳角轉彎，瞬間從惡夢蠕蟲的正面閃到側面，在與對方擦身而過的同時刺入釘子。

這是他最近惡補漫畫時發現的空戰絕技，完全違反物理原則，主打一個「帥」字。因爲漫畫裡的畫面足夠震撼，令他印象深刻，所以才會在這種緊要關頭首先想起。

申尚平無暇細數自己到底刺中了幾隻，光是爲了適應高速飛行與銳角轉彎帶來的激烈視野移動，就已經花光他所有精力。到最後，他幾乎是憑著直覺與本能在行動。

回過神時，申尚平發現自己正站在地上發呆。

頭頂上方傳來轟隆巨響，申尚平抬頭一看，一道嬌小人影從爆炸火光與煙塵中衝了出來。

空中有四隻惡夢蠕蟲呈現自由落體狀態，牠們身上全都插著閃閃發亮的金色釘子。

爆炸以數秒一次的頻率不斷發生，李子璇用極爲華麗的姿態消滅了所有惡夢蠕蟲。

是的，就是華麗。

一擊一隻，擊中之後便直接衝向下一個目標，彷彿確信自己的攻擊絕對是必殺，離去之後，留下的只有爆炸，這已經超越了帥氣，只能用華麗來形容了。

申尚平佩服地看著李子璇擊破最後一隻惡夢蠕蟲，然後降落到自己面前。成功跨越絕境的李子璇理應十分興奮，然而此時的她，卻露出一副見鬼的表情。

「怎麼了？」

申尚平一臉奇怪地問道，李子璇嘴唇微張，似乎想說些什麼，但最後把頭轉向一旁，吐出一句：「沒事。」

申尚平感到有些莫名其妙，由於李子璇散發出一股「我很不爽」的氣氛，所以他識趣地沒再追問，而是試圖轉移話題。

「蟲子殺光了，我們怎麼還沒有回歸？」

「……因爲我的魔力還剩下一點。」

申尚平大吃一驚。前幾天李子璇一打完進化型惡夢蠕蟲，魔力就下降到警戒線，然後強制回歸。這次面對的進化型數量可是以前的三倍，李子璇的魔力卻還有剩，怎麼想都不合理。

「因爲這次魔力沒有用在其他地方，所以才會有剩。」

「其他地方？什麼地方？」

「……反正就是很多地方，說了你也不懂。」

李子璇一臉不想多解釋的表情，於是申尙平不再深究。

直到很久以後，申尙平才知道李子璇口中的「其他地方」，指的其實就是「想像不出來的東西」。

張開護盾、噴出魔力束、超加速，這些乍看似乎簡單，其實都很難想像出來。

以護盾爲例，必須備齊「被無形之物保護住」、「無形之物非常堅固」、「被關住也不會影響行動」、「會跟自己一起移動」……等等類似的體驗或印象，只要少了其中一項，護盾就會淪爲無用空殼。

一般人難以獲得這些體驗或印象，然而李子璇擁有突破這些限制的犯規武器——魔法少女之神賜予的祝福。

李子璇的祝福，名爲「少女幻想」。

這是一種只能在夢世界發動的能力，可以跳過一切過程直達結果。李子璇只要支付成倍的魔力，就能想像出各式各樣的東西。通俗點比喻，正常的做法是照著食譜做菜，李子璇則是直接砸錢買現成的料理。

這次由於申尙平的支援，李子璇不須追逐蟲子，也沒被蟲子打中，魔力消耗大大減少。這次她解決了十隻進化型蟲子，魔力卻還有剩餘，可見她過去究竟消耗了多少無謂的魔力。

「那接下來怎麼辦？妳先用光魔力，好讓我們回歸嗎？」

「太浪費了，笨蛋！你剛剛不是說蟲子的進化變快了？趁現在找原因啊！」

「……怎麼找？」

「當然是用魔法。」

李子璇收起扳手，然後雙手合十，緊閉雙眼，做出祈禱的姿勢。

「希望剩下的魔力夠用……」

李子璇一邊呢喃，一邊施展魔法。

下一秒，一道光束從李子璇頭頂射出，然後有如劃破夜空的流星般飛向遠方。

「快追！」

李子璇立刻朝流星飛去，申尚平見狀急忙跟上。

「那是什麼？」

申尚平問道。

「精神力偵測。」

李子璇頭也不回地回答。

「你不是說惡夢蠕蟲進化的速度變快了嗎？牠們要進化，就必須吃精神力，所以這個城市肯定有個巨大的精神力外洩源，才能讓牠們吃得那麼飽，長得那麼快。」

李子璇不愧是長年跟惡夢蠕蟲打交道的魔法少女，很快想到其中關鍵。

「外洩源是什麼？」

「外洩源啊……該怎麼說呢……在夢世界，我們都是以精神體的形式存在的，精神體其實就是精神力的凝結。精神體的外殼很堅硬，可一旦破裂，裡面的精神力就會流出來，這種情況就叫作外洩。外洩源就是有人的精神體外殼破了，裡面的東西洩露出來。惡夢蠕蟲最喜歡吃的就是精神力。」

「是喔，我還以爲牠們是直接一口吞掉。」

「那會消化不良。直接吞要花很多時間才能腐蝕精神體外殼，牠們的胃……不，應該說是消化器官？反正就是那個的空間有限，吃了不好消化的東西會拖累進化速度。」

「爲什麼不直接用暴力打破外殼？」

「外殼是打不破的，因爲內側的精神力會自動塡補外殼的傷痕。要是外殼眞的被打破，代表內部的精神力已被消耗光了，這樣反而什麼都吃不到。」

「等等，既然會自動修復，爲什麼外殼還會破？」

「因爲精神出問題了嘛。只要壓力太大、情緒激烈波動，或是心情憂鬱什麼的，外殼就會破。惡夢蠕蟲的吃法就是貼住外殼破洞，然後慢慢吸。」

「……聽起來很噁心。」

「嗯，很噁心。」

兩人一邊交談，一邊緊緊跟隨著流星。沒過多久，流星開始墜落，射入某棟公寓的窗戶。李子璇見狀立刻拿出扳手，果斷地砸破窗戶玻璃，申尚平看得目瞪口呆。

「放心，不會對現實世界造成影響。」

李子璇邊說邊踢開窗緣的碎玻璃，然後跳了進去。她的動作毫不猶豫，顯然以前沒少幹過類似的事。

「欸——？」

李子璇鑽進窗戶後，突然發出了奇怪的聲音。申尚平連忙跟著鑽進去，然後也發出了同樣的聲音。

「欸——？」

窗戶後面是一間三坪大小的房間，從房裡的裝潢與擺設，以及書架上滿滿的參考書，可以看出房間主人是一位正值求學階段的女性。

此時這位房間主人正躺在床上睡覺，雖然蓋著被子，但仍可見到她的身邊瀰漫著一層薄薄的銀霧。這層銀霧正是精神力，一般人精神力外洩最多只是飄出一縷銀煙，此人卻形成了霧氣，可見其精神力之強。

然而申尙平與李子璇之所以發出怪聲，不是因爲房間主人的精神力很強，而是因爲他們認識對方。

她的名字是陸劍璃。

Chapter.3

時間是下午放學之後，地點是連鎖咖啡店。

靠窗的角落桌子坐著一男兩女，他們穿著皇聖高中的制服，而且都是俊男美女。代表著知性與智慧的皇聖制服，以及遠超平均水準的顏值，兩者共同營造出一股夢幻感。從外人角度，那一桌彷彿脫離凡俗的聖域，甚至有客人懷疑是不是正在拍攝什麼偶像劇，所以四處張望，想要找出不存在的攝影機。

這三人正是申尚平、李子璇與陸劍璃。

查出惡夢蠕蟲進化速度異常原因的隔天，申尚平便與李子璇商量好，要約陸劍璃出來談談。

原本李子璇不太願意，但事關兩名分屬不同世界系統的使徒，再加上她也不知道如何修補精神體外殼的破洞，因此還是在申尚平的據理力爭下同意了。

申尚平在下課時間向陸劍璃提出邀約，陸劍璃一臉不爽地答應了，等到了咖啡店，發現李子璇也在場時，她臉上的表情已超越了不爽，直逼惡鬼境界。

不只是陸劍璃，李子璇看起來也十分不情願，她的微笑就像是通訊軟體阿爾法上的常用貼圖，充滿了客氣與虛假的味道。

雖然感覺氣氛似乎有點奇怪，但申尙平沒有多想，直接對陸劍璃說明了她被惡夢蠕蟲盯上的事。

「……這樣啊，然後呢？」

聽完之後，陸劍璃語氣冷淡地說道。她的反應太過平靜，彷彿不是發生在自己身上的事一樣。

「然後……呃，會怎樣？」

申尙平轉頭詢問坐在桌子另一側的李子璇。

附帶一提，他們此時的坐法並非兩方對坐，而是三人各自佔據正方形桌子的一邊。

「被吸食之後，受害者的精神會越來越差，容易疲倦，無法專心，脾氣暴躁，身體也會變差……簡單來說，就像是長期失眠的感覺吧。」

李子璇先是慢條斯理地喝了一口瑪奇朵咖啡，然後用平穩的聲音回答。

「就是這樣。妳的樣子看起來很憔悴，應該就是惡夢蠕蟲的影響。最近睡得還好嗎？」

「……不用你管。」

陸劍璃幾乎是咬牙擠出聲音的。申尙平覺得她的反應不太對勁，但想到被惡夢蠕蟲吸食的後遺症裡也包括情緒不穩，很快就釋然了。

「被惡夢蠕蟲纏上很可怕喔，一旦被牠們吸乾，受害者將直接猝死，不過在那之前就會先因爲精神錯亂而自殺吧。要是受害者因爲做出什麼危險的事，被人關到精神醫院，那鐵定沒救了，只能乖乖等死。」

李子璇繼續說道。她的神情與語氣十分淡然，既沒有同情，也沒有幸災樂禍，就像是在背誦課本的內容。

「有解決的方法嗎？」

「我已經說過我不知道了。要是我能幫人修補精神體破洞，還用得著跟惡夢蠕蟲打這麼久嗎？直接補上大家的破洞，讓牠們沒東西吃，不是可以打得更輕鬆？」

「魔法也不行？」

「不行，補了也會立刻破掉。精神體會破洞，是因爲當事人的精神狀態出了問題，只有治好當事人的精神問題，破洞才會消失。」

「就是這樣，妳覺得自己的精神狀態有什麼問題嗎？」

申尙平轉頭望向陸劍璃，一臉嚴肅地問道。

「……開什麼玩笑！」

陸劍璃把喝完的咖啡杯重重放到桌上。因爲陶瓷杯底與桌面碰撞的聲音太過響亮，引來了一些客人的注目。

「一下子說我有危險！一下子說我精神有問題！你約我出來，其實是想找碴嗎？是想嘲笑我嗎？」

陸劍璃憤怒大吼。因爲概念浸染的保護，這些話聽在其他人耳裡會扭曲成其他東西，但不管怎麼扭曲，「在眾人面前大喊大叫」這件事並不會改變，因此附近的客人全都看向這裡。

「不，沒那回事。我約妳不是爲了笑妳，純粹是爲了解決問題。」

「解決問題？怎麼解決？那個女的不是說她沒辦法嗎？還是說你能解決？怎麼解決？說啊！」

「怎麼可能，我跟妳們不一樣，不會魔法，也沒有超能力。」

「那你要怎麼解決？用嘴巴說一說就能解決嗎？還是說你只是想要口頭上安慰一下，學無恥的政客在鏡頭前作戲，假惺惺地說自己有做事、自己盡力了？還有，你究竟是站在哪一邊的？」

「什麼哪一邊？」

「我跟她，你站在哪一邊？」

什麼意思？申尚平一時意會不過來，他搞不懂爲什麼話題會突然轉到這裡，其中毫無邏輯可言。

「——當然是站在我這邊囉。」

就在申尚平試圖理清頭緒時，李子璇搶先回答了。

「尚平是我的配角，而妳是我的故事的『事件』，所以他當然是站在我這邊的。」

李子璇說完對申尚平眨了眨眼睛。

「不，那個……」

「笑話！天底下哪有無法解決『事件』的主角？按照你們剛才的說法，能解決問題的只有我自己，所以我才是主角，尚平是我的配角，妳才是眞正的『事件』！」

「要不是我過來提醒妳，妳絕對會死！世上沒有會死掉的主角！所以妳才是『事件』！」

「主角是我才對！」

「不對！是我！」

申尚平旁聽了好一會兒，總算搞清楚她們在爭執什麼了。

李子璇與陸劍璃都是使徒，各自扮演著自身所屬世界系統的故事主角，如今兩方故事突然交錯，她們自然想確保自己的主角地位。

畢竟，這可是幻想戰爭。

這很可能是魔法少女之神與奇幻之神共同安排的事件，爲的就是看誰能完成故事，勝者存活，輸家淘汰。

李子璇與陸劍璃都將對方視爲「事件」中的角色，她們不只有理由這麼想，也必須要這麼想，一旦讓出主角之位，那就跟認輸沒兩樣。

她們背後的神眞是惡劣……

申尚平原以爲幻想戰爭只是讓使徒們各做各的事，沒想到還會強行把不同故事湊在一起，直接製造對決。如此一來，幻想戰爭的激烈度肯定直線飆升，或許用不著三年，一年就可以打完了。

申尚平思考之際，他發現李子璇與陸劍璃突然全都不說話了，而且還用恐怖的眼神盯著自己。

「怎、怎麼了？」

「——所以你站在哪一邊？」

兩人同聲喊道，表情猙獰堪比邪魔，氣勢凶猛有如鬼神。

這一刻，申尚平突然理解那些走投無路之人的心情。

◇

「爲什麼妳的負債又增加了？」

「……因爲我照你說的請人處理雜務了，可是錢不夠，只好再借。」

「妳的工作時間增加了，收入也變多了，爲什麼存款反而變少了？」

「……因爲請人的費用比想像中還貴。」

「那僱用收費更便宜的人不就好了？」

「……因爲簽了合約，違約的話要賠一大筆錢，我賠不起。」

「妳在簽約之前，難道沒計算過收支平衡的問題嗎？」

「有啊！可是後來不知爲什麼多出一堆額外費用，所以……」

「……妳是白痴嗎？」

「你、你才白痴！是你建議我這麼做的！」

「我的建議是妳要更聰明一點！不要老是被騙錢！」

在旅館「金杯藤蔓」一樓酒店的角落，有對年輕男女正在吵架。酒店裡鬧哄哄的，他們的爭吵聲在此處並不突兀。

這對年輕男女看起來歲數相近，大約只有十六、七歲。在艾瑞西亞大陸，滿十五歲就會被視爲成年人，因此這對年輕男女出現在酒店也不稀奇。硬要舉出不尋常的地方，那就是他們的穿著了。

女方穿著造型暴露的昂貴鎧甲，男方穿著廉價布衣。衣服可以看出一個人的社會地位，從這點來看，女方明顯優於男方，但男方卻在爭吵時擺出較高的姿態，這種情況很難不惹人遐想，再加上兩人長得非常漂亮，因此不免引來他人注目。

是的，這對年輕男女正是申尙平與陸劍璃。

爲了強調自身的主角地位，李子璇與陸劍璃昨天在咖啡店爆發爭執，甚至還逼申尙平當場表態。

「配角站在哪一邊不重要，重要的是事件怎麼解決吧？」

最後申尙平用這句話平息了這場鬧劇，李子璇與陸劍璃雖然不太服氣，但她們也承認眼前最重要的是解決事件，就算在口頭上取得優勢也沒有意義。

李子璇遭遇到的問題是惡夢蠕蟲盯上了陸劍璃外洩的精神力，令進化速度大幅提升。解決問題的根本之道，就是修復陸劍璃的精神體破洞。

陸劍璃的精神體爲何會出現破洞？

毫無疑問，肯定是她在夾縫世界的經濟狀態太過糟糕，以致壓力過大，影響了精神體的穩定。

「所以這其實很好解決，只要想辦法讓陸劍璃的收入大於支出就行了。」

申尙平如此說道，於是隔天早自習時間便陪著陸劍璃一起前往艾瑞西亞大陸。

然後，申尙平發現自己想得太簡單了。

申尙平上次進入夾縫世界是大約一星期前，這麼短的時間內，陸劍璃的經濟狀態理應不會有什麼劇烈變化，沒想到它不僅產生劇烈變化，而且還朝著負面方向一路狂奔！

當初與申尙平的傭佣談判破裂後，陸劍璃便開始僱用人手處理雜務，然而由於她的外地人身分，在請人時遇到了不少麻煩。

這裡的外地人，指的不是陸劍璃的異世界人身分，而是她並非巴瑞恩出生。

奇幻之神既然將艾瑞西亞大陸設定爲幻想戰爭的戰場，自然會安排好一切，其中便包括了陸劍璃的身世。

根據奇幻之神的安排，陸劍璃出生於沃恩王國的首都瑪薩，父母都是軍人，在她六歲時雙雙戰死沙場，因爲沒有其他親人，所以交由國營孤兒院撫養。沃恩王國的法律規定十五歲即成年，因此陸劍璃滿十五歲就必須離開孤兒院自力更生，而她選擇的道路是成爲一名冒險者。

陸劍璃以前大多在首都瑪薩附近活動，直到最近才來巴瑞恩，但不論哪個世界或哪個時代，本地人都喜歡坑外地人。

陸劍璃透過巴瑞恩的冒險者公會僱人，然而由於地方保護主義的影響，比起陸劍璃這位瑪薩人，巴瑞恩的冒險者公會優先維護巴瑞恩人的利益。

冒險者公會把陸劍璃當成肥羊，向她推薦了性價比極低的僱佣方案，由於陸劍璃在巴瑞恩城無親無故又急著請人，所以沒有多想就簽下去了，結果發現她找來的不是勞力，而是大爺。

薪水是平均水準兩倍，工時是平均水準一半，剛上工就可以請特休，還要提撥社會保險費與職工福利金。工作做不好還不能直接辭退，必須走完整套法律流程，調解不成就訴訟，訴訟完畢等判決，判決不服再上訴。

艾瑞西亞大陸的人類文明乍看之下像是地球的中世紀，實際已有近代水準，沃恩王國身為人類文明圈的一分子，自然是崇尚秩序的法治社會，就算只是一名小小勞工，政府也會保障其權利，絕不容許萬惡的資本家肆意剝削。

除了超乎預料的高額支出，陸劍璃也高估了自己的賺錢速度。

陸劍璃雖然身手不凡，但砍怪這種事除了實力，還講求運氣。就算你打得贏高級怪物，也得先有高級怪物給你砍。如果你只遇得到低級怪物，身手再好也沒意義。

很不幸地，陸劍璃這陣子遇到的高級怪物並不多，淨收獲一些低品質的魔力精萃。

看著桌上各式各樣的帳單、收據與收支記錄，申尚平覺得自己的腦血管似乎正在抽痛。他總算知道陸劍璃的精神體爲什麼會破洞了，看完這些東西，就連身爲外人的他都感到胃疼。

附帶一提，或許是奇幻之神給的福利，申尙平聽得懂艾瑞西亞大陸的人類語言，也看得懂文字；他說的中文這裡的人聽得懂，而他寫的中文則會自動變成這裡的文字。

「妳爲什麼能在這麼短的時間把自己的財務狀況搞成這樣子啊？」

「我也不知道啊！」

陸劍璃用力大喊，眼角隱含淚光。

申尙平嘆了一口長氣，如今再怎麼責備陸劍璃也沒用。

「……算了，妳去砍怪吧。」

「那你呢？」

「收集情報。」

「咦？」

「我沒有戰鬥能力，就算跟妳一起行動也沒有意義。我需要更多情報，才能制定出還債計畫。這座城市有公共圖書館嗎？」

陸劍璃點點頭，這讓申尚平鬆了一口氣。

書籍在地球的中世紀屬於高價品，只有貴族與教會擁有大量藏書，對一般民眾開放的公共圖書館乃是近代產物。如果艾瑞西亞大陸沒有公共圖書館，獲取資訊的代價將會極其昂貴，陸劍璃那脆弱的錢包絕對承受不起。

「……你有信心扭轉局面嗎？」

「不知道。只能盡力試試。」

申尚平的回答令陸劍璃感到不安，但她也知道自己無法要求對方保證什麼，於是嘆了口氣，準備出門工作。

「啊，等一下。」

「怎麼了？」

「給我錢。沒錢不好做事。」

「……」

看著朝自己伸出的手掌，陸劍璃有種想要拔劍砍下去的衝動。

◇

彼得打了個大大的哈欠，他看了看牆上時鐘，現在是下午三點，於是他起身前往茶水間泡了一杯咖啡，再從辦公桌抽屜裡拿出一包餅乾。

其他職員見到彼得的行動，紛紛開始仿效。

彼得的嘴角不自覺地上揚，像這種別人必須看自己臉色做事的場景，無論看多少次都令他心情愉快。

彼得是巴瑞恩冒險者公會的業務部長，工作資歷超過二十年，再加上是本地人，與許多本地勢力關係良好，因此就算是從總部空降的會長，也不敢輕易得罪他。

與其他人類國家相同，沃恩王國的冒險者公會屬於半官方組織。冒險者擁有強大武力，雖然對社會有巨大的貢獻，但從統治者的角度來看，他們也是社會的不穩定因素，因此必須給他們套上轡繩。

冒險者公會一方面提供冒險者各式各樣的便利服務，一方面用各種規矩與條件束縛他們。這種制度行之有年，事實也證明了它很有效。

因爲具備官方色彩，所以冒險者公會的決策層幾乎全是政府的人，他們就像故事中經常出現的無能官員，靠關係進來鍍金，什麼事都不懂，什麼事也不幹，所有工作與責任全推給下面。

站在下屬的立場，這種上司最令人討厭，但如果這位下屬別有用心，這種上司的評價就會完全翻轉。

彼得就是那位別有用心的下屬。

他以區區一介業務部長之身，實質操控了巴瑞恩的冒險者公會，藉此大肆謀取好處。他的財富與影響力不斷增長，如今已達到就算是貴族也不敢輕視的地步。

「部長，有您的訪客。是一位名叫托比．皮爾斯的先生，請問如何處理？」

一位女性職員走到他的辦公桌前報告道，彼得比了個手勢，示意放對方進來，然後起身離開辦公桌。

還得去會客室，眞麻煩。如果有自己的辦公室就好了。

彼得在心中暗自抱怨。

冒險者公會空間有限，只有會長才有單獨的辦公室。彼得心想或許該爲自己弄一個專屬房間了，這也是測試自己地位的好機會，如果有人敢反對，就想辦法踢出公會。

彼得走進會客室，一位年輕人正蹺著腿坐在沙發上。

「喲，叔叔。」

年輕人舉手打招呼。彼得嗯了一聲，然後坐入對面的沙發。

「找我有事嗎，托比？」

「沒有沒有，只是順路經過，所以就來看看您了。啊，這是禮物。現在是您的下午茶時間吧？剛好可以配茶。」

托比語氣輕浮地說道，然後將腳邊的紙袋放到桌上。紙袋上印著漂亮的商標，那是巴瑞恩小有名氣的點心店。

彼得點了點頭，以他的地位當然不屑這種禮物，但若是親人送的就不一樣了。

「最近工作怎麼樣？」

「很好。多虧了叔叔。」

托比笑嘻嘻地說道。

「這份工作太棒了！錢多事少，一天只要做四小時，而且還可以賺外快，我朋友聽了都快羨慕死我！」

「嗯。記得別太過分，不然容易惹麻煩。」

「我知道。我每次都只偷一點點，那個白痴女孩根本沒發現。這麼粗心，五級冒險者也沒什麼了不起的嘛。」

「不，很了不起。能爬上五級冒險者都不簡單，那可是公會的中堅力量，他們不但很能打，而且也很謹慎。」

「可是那個女孩……」

「因爲她經驗太少，而且被保護得太好了。一個月之內從零級升到五級，怎麼可能會知道這行的規矩跟祕訣？瑪薩的人願意寵她，可這裡是巴瑞恩。」

彼得與托比口中的白痴女孩，正是陸劍璃。

當陸劍璃在瑪薩以破天荒的成績考取執照後，立刻被瑪薩的冒險者公會視爲重點培養對象，無論任何請求都答應，而且無須支付任何額外代價。這是因爲瑪薩的冒險者公會想將陸劍璃打造成王牌，陸劍璃表現越好，他們越有面子，也越能爭取到預算。

然而來到巴瑞恩後，一切的照料與優待都消失了。

巴瑞恩的冒險者公會會長收到首都總部的指示，盡量給予陸劍璃方便，但這位會長早已被架空，實質權力幾乎全落到彼得手中，他無視總部的指示，不斷找陸劍璃麻煩。

不完整的情報、毫無益處的契約、拖沓的行政手續、異常嚴格的罰款……就算是等級比陸劍璃更高的冒險者，在這種情況下沒出現赤字才是奇蹟。

更過分的是，彼得將陸劍璃的僱人契約轉給遊手好閒的侄子托比，好監視陸劍璃的動向。而托比也不負他叔叔的期望，努力妨礙陸劍璃的賺錢計畫，不是偷偷扣留部分魔力精萃拿去轉賣，就是故意拖延時間，等魔力精萃的體積變小了才賣掉。

「哎呀，雖是個笨蛋，不過臉跟身材都是一流……要是能把她弄上床就好了……」

托比露出淫邪的笑容，彼得則是冷哼一聲，露出令人聯想到肉食動物的貪婪眼神。

「等她欠的錢夠多了，有的是辦法把她賣去那種地方，在那之前不准對她出手。要是影響了我的計畫，後果會怎樣你自己清楚。」

「是、是！」

托比挺直背脊大聲回答。正因爲是叔侄，所以托比很了解彼得的恐怖，眼前的中年人貌似和藹，其實爲了自己的前途連親人都能出賣。

「嗯，好好幹。等你熟練了，我會再多介紹幾個外地人給你，只要掌握四、五個這樣的笨蛋，你就可以過上比一般人舒服的生活了。」

「是！謝謝叔叔！」

托比大聲道謝，那誠惶誠恐的姿態令彼得相當滿意。用權力將別人玩弄於股掌之中，這種事不管做幾次他都不會厭倦。

「不過叔叔，爲什麼你不讓外地人討伐高階怪物？」

爲了轉換氣氛，托比提起另一個話題。

「雖然我不喜歡外地人跑來賺我們的錢，不過他們討伐的怪物會變成叔叔的業績吧？那派他們去討伐高階怪物不是剛好嗎？贏了對你有好處，輸了你也沒有損失。」

彼得聞言露出冷笑。

「業績？現在這個時局，哪還需要這種東西。」

見托比一臉不解，彼得嘴角上揚的弧度變得更大了，然而他的眼神沒有絲毫喜悅，只有滿滿嘲諷。

「算了，這個層次的東西，對你來說還太早。你只要記住，絕對別讓外地人去碰有可能賺大錢或打響名氣的工作，不管再危險也一樣。懂嗎？」

彼得的表情非常鄭重，雖不明白箇中理由，但托比還是用力點了點頭。

◇

星期日下午，申尚平躺在床上，他的雙眼沒有焦點，一臉茫然地看著天花板。

自從答應協助陸劍璃後，已經過了四天。

這段期間，申尚平每天都過著精疲力盡的生活。早上八點跟陸劍璃去夾縫世界工作，回到現實世界後再上課到下午三點，然後打工到晚上，回家還要寫作業，睡覺之後再被拖去夢世界打惡夢蠕蟲，如此高強度的工作節奏，令申尚平提早體驗了何謂成年人的社畜生活。

因爲這個星期天剛好沒有安排打工，申尚平不禁鬆懈下來，連日疲勞一口氣爆發，當他從睡夢中醒來時，時鐘指針已經指向了下午一點。

就算醒了，申尚平的腦袋依舊處於停機狀態，半點也沒有運作的跡象。他就這樣呆呆地望著天花板，讓身心沉浸於名爲虛無的氛圍中。

就在這時，床邊手機響起叮咚的聲音。申尚平看了一眼，發現是陸劍璃傳來的阿爾法訊息。

「研究得怎麼樣了？有什麼心得嗎？」

「我的存款已經見底了！再想不到辦法，我眞的會破產！」

「有高利貸跑來說要借我錢！他們到底是怎麼知道我的財務狀況的啦？」

從文字中可以感受到滿滿的焦灼之情，申尙平的腦袋總算開始運轉。他想起來了，昨天和陸劍璃約好，今天要討論出可行的還債計畫。

申尙平慢吞吞地打字。

「請節哀。」

按下發送，數秒後手機瘋狂地響起叮咚叮咚的聲音。陸劍璃傳來一長串附帶髒話與錯字的阿爾法訊息，顯然是用了語音輸入法。

「開玩笑的。」

申尙平傳完這句話手機再次狂響，這次傳來的阿爾法訊息夾雜了更多髒話與錯字。

這時申尙平總算脫離了剛睡醒的迷糊狀態，於是他躺在床上一邊思考一邊打字。

「妳被巴瑞恩的冒險者公會坑了。」

申尙平直接扔出結論，然後開始說明他如此判斷的原因。

先前曾經提過，艾瑞西亞大陸的人類文明其實已有近代水準，只是外表仍保留了中古世紀的特徵，因此自然也會存在報紙這樣的東西。

申尙平在公共圖書館找到了近幾個月巴瑞恩的地方報紙，上面刊登了巴瑞恩附近有哪些怪物出沒，提醒民眾千萬不要靠近。能登上報紙的怪物大多極爲強悍，然而冒險者公會提供給陸劍璃的情報中，卻完全沒有這些怪物的資訊。

接著申尙平跟蹤了陸劍璃僱用的幫手，發現對方接手魔力精萃後，不是立刻變買，而是到處閒晃，直到快下班才賣掉它們。他原以爲對方只是單純在偷懶，然而當他偷聽到對方在酒館跟人炫耀「透過關係找到一個好騙的笨蛋」時，他就知道事情不對勁了。

說明完畢後，申尙平收到了一大堆幾乎只有髒話與錯字的阿爾法訊息，他大概想像得到陸劍璃正在用什麼表情對著手機狂罵。

「就算抗議大概也沒用，坑妳的應該是公會高層，而且對方沒留下破綻。就算逼問妳僱用的那個幫手，對方肯定會裝傻到底，甚至反咬妳一口。」

申尙平想了想，繼續補充。

「而且走法律途徑向公會索賠須花費很長的時間，對妳現在的困境沒有幫助。」

如果一間公司的主管濫用職權，造成客戶損失，客戶自然有權向公司索賠。公司規模越大，越不會爽快承認錯誤，如果事關鉅額金錢或商譽，公司甚至會想辦法顚倒黑白，努力降低自己的損失。

一旦走到這個地步，訴訟時間往往以年爲單位計算，但陸劍璃破產在即，根本等不到那一刻。

「那怎麼辦？」

陸劍璃迅速傳來訊息問道。

「我確認一下，妳眞的不會飛嗎？」

「不會，飛行魔法屬多工體系。不過我會飄浮，目前最高紀錄是離地二十五公尺。」

所謂多工體系，指的是「需要多人同時發動術式才能實現魔法」，與之對應的，則是「一人發動術式即可發動實現魔法」的單工體系。

「那就麻煩了，『去遠方砍怪』是最省事的選項。」

「這還用你說？要是能去遠方砍怪，我早就去了！」

由於魔力精萃會隨時間縮小，所以絕大多數的冒險者都將活動範圍限定在能當天來回的距離。如果想狩獵遠方怪物，通常只有兩種方法：保存裝置與魔鏈快道。

顧名思義，保存裝置是防止魔力精萃縮小的道具；至於魔鏈快道，則是一種高速移動的手段。

魔鏈快道有點像地球的鐵路，魔力載具駛上魔鏈快道後，會以固定速度自動駛向目的地，駕駛人在途中完全不須操作，也無法操作魔力載具，因此沒有危險駕駛的問題。魔鏈快道的行駛速度可以事先調整，越快越貴。

陸劍璃沒有保存裝置，也沒有魔力載具。事實上，只有財力雄厚的高階冒險者與軍方才有能力使用這兩種方法。

「就沒有其他遠行的方法嗎？」

「其實我試過用魔法提升自己的移動速度，然後跑去遠一點的地方砍怪，但效果不太好。」

從陸劍璃傳來的阿爾法訊息中，可以感受到滿滿無奈。

一個人的魔力有限，要是爲了移動消耗大量魔力，途中容易發生各種意外，而且也沒人保證一定能遇到高階怪物。最糟的情況是花了魔力遠行，結果只遇到一堆低階怪物，然後爲了保留回城的體力與魔力，只能提前結束狩獵，收穫反而比平時更差。

「看來還是要從根本解決問題才行。」

「根本？」

「就是巴瑞恩的冒險者公會，因爲它們暗中搞鬼，妳才會賺錢賺得這麼辛苦。話說回來，它們的排外思想太嚴重了，嚴重到有點不正常。」

「會嗎？」

「妳在夾縫世界待得比我久，應該比我更清楚才對？沃恩王國的士兵數量嚴重不足。」

「因爲正在跟魔王軍打仗嘛。」

「……妳都沒在看報紙嗎？稍微關注一下社會時事，就可以發現問題了。」

「沒空。我在那裡只能待八小時，光砍怪賺錢都來不及了。」

看到陸劍璃的回覆，申尙平嘆了口氣，心想這就是輕視情報的下場，連自己已經半身陷入泥沼的事實都沒有發現。

「就是因爲正在跟魔王軍打仗，所以大部分的士兵都被派去前線。這種情況下，留下來守護城市的士兵數量會變少，可是怪物的數量不會因此變少，所以軍隊把消滅怪物的工作承包給冒險者公會。爲了達成軍隊的委託，冒險者公會理論上會拚命催冒險者去工作，最好一人當三人用，如果是外地來的冒險者，更該鼓掌歡迎才對。」

「對耶，爲什麼會這樣？」

「所以才叫妳看新聞啊。妳就沒發現巴瑞恩明明被魔王軍攻陷了，可是民眾的生活卻很正常嗎？」

「正常有什麼不對？」

「當然不對。這不是侵略者跟受害者應有的關係，巴瑞恩與其說是被攻陷，更像是歸順了魔王軍。」

「怎麼可能啊！要是巴瑞恩歸順了魔王軍，我怎麼可能進得了城門啊！」

「……難道妳就不覺得，自己能進巴瑞恩城門是一件很奇怪的事嗎？魔王軍可是攻陷這裡了喔？他們不是應該派人嚴密看守城門、排除間諜嗎？像妳這種從首都來的人，更該是第一個要抓的對象。」

陸劍璃遲遲沒有回覆，顯然是在思考其中的原因。

申尙平直接給出答案，因爲她知道陸劍璃短時間裡絕對想不出來，他也是思考了一整天，甚至上網查詢政治學與社會學資料後，好不容易才得出結論。

「因爲比起反抗，期待被魔族統治的人類其實更多。」

◇

魔族。

有著與人類相似的外表，但能力更加優秀的種族。無論是體力、魔力、智力、壽命或美貌，都遠遠凌駕於人類之上，就算是尋常魔族小孩，也能輕鬆擊敗數十名成年人類，如果雙方都接受過戰鬥訓練，差距反而會變得更大，魔族甚至能以一敵百。

魔族的能力毫無疑問地碾壓人類，唯獨在一件事情上遠遠不及，那就是——繁衍能力。

魔族跟人類一樣，一生之中只會生育幾名小孩。然而魔族是長生種族，這種習性一旦放大到宏觀尺度，結果就是雙方人口數量出現懸殊對比。哪怕魔族可以以一敵百，甚至一騎當千，假如雙方全員開戰，恐怕最後落敗的依舊是魔族。

魔族自己也非常清楚這點，他們一開始只想與人類和平共存，然而人類的權力者卻對他們展露出強烈的貪欲與恐懼，因此主動進攻魔族領地——當然，對外宣傳一定相反，擅自挑起戰端的一方變成了魔族。

魔族雖然無意戰爭，但他們曉得，一旦點燃戰火，事態就會開始朝著深淵滑落。事到如今，和平已是妄想，魔族必須想辦法對抗人類的數量暴力，雙方人口基數相差實在太大，戰爭持續越久，魔族就越衰弱，最後終將變成人類的奴隸與玩物。

就在這時，魔族四天王之一「靜謐的艾克賽斯」，提出了天才般的戰略構想——階級轉換。

這位在魔王軍裡以智謀見長的四天王，敏銳地察覺到人類的政治體制極其僵化。王族、貴族與平民，彼此的階級隔離非常嚴重，王族對貴族頤指氣使，貴族對平民生殺予奪。

魔力文明的發展不但沒有改變這種政治體系，反而使其變得僵固，這種情況持續了數千年，中途曾有無數人舉起改革的旗幟，最後還是遭受既得利益者的鎮壓，悉數化爲歷史的塵埃。

艾克賽斯認爲魔族的未來就在於人類這種異常僵固的政治體制。他建議魔王軍每攻下一片土地或城市就殺盡當地貴族，並將大部分的政治權利交給平民，而魔王軍只需要兩種東西——稅金與兵源。

艾瑞西亞大陸的人類國度絕大部分是中央集權制，魔王軍則反其道而行，允許地方自治。

於是，人類節節敗退。

被魔王軍攻下的領地起初都會陷入恐慌，但當魔王軍公布並實施他們的統治方針後，這些領地居民全都欣喜若狂，堅定地站在魔王軍這一邊。

一個國家能夠正常運作，絕非光靠少數菁英分子就能做到，而且文明越是發達的國家越是如此。以沃恩王國為例，王族與貴族雖是統治階層，但只憑他們根本無法驅動龐大的國家機器，實際支撐這個體系的，其實是出身平民的大量中、基層官僚，然而就算他們幹得再好，王族與貴族還是能夠恣意掠奪或破壞他們的成果。

如今那些惹人厭的王族與貴族消失了，站在平民頭頂上的階級變成了魔族，而魔族的統治方式又極度寬鬆，讓平民看見了向上爬的可能性，那麼平民更願意站在哪一方，自然不言可喻。

說得難聽一點，既然都要有個主人，為什麼不找個更好的？

巴瑞恩的局勢之所以如此穩定，正是基於同樣理由。統治城市的貴族階級消失了，但民眾的生活並沒有受到影響，因為維持局面的還是同一批中基層官僚，沒了那些只會高唱血統至上、家世至上、背景至上的上級掣肘後，他們的工作效率反而變高。

當然，權力真空所導致的混亂仍無法避免，但由於最頂端的座位已被魔族佔據，下面的權力排序也很快就完成了。

就這樣，巴瑞恩的人民重新恢復穩定的生活。

「……每次看到這樣的風景，我就不得不讚歎艾克賽斯大人的高瞻遠矚，以及魔王大人敢於接受這個戰略的宏偉器量。」

一名男子站在巴瑞恩城主府的落地窗前，對窗外的和平景象發出感慨。

這名男子有著深紫長髮與同色眼眸，容貌俊秀，體格勻稱，乍看之下宛如氣質不凡的人類貴族，然而他頭上那對引人注目的黑色犄角，以及將近三公尺的驚人身高，為他絕非人類一事提供了最好的證明。

這名紫髮男子名叫薩諾耶夫，同時也是魔王軍派駐巴瑞恩的監察官。

「我想再過二十年，我軍應該就能順利統治人類了。妳覺得呢？」

偌大的辦公室僅有薩諾耶夫一人，然而卻有一道飄渺的聲音回應了他。

「我也這麼覺得。不過二十年太久了，或許十年就夠了。」

「不能太樂觀，拉碧娜。人類不會──不對，應該說是人類的權力者不可能坐視自己的東西被奪走，哪怕我軍如今形勢大好，也不能大意。」

「人類權力者在戰略上已徹底敗給我軍，我不覺得他們還有什麼扭轉局面的妙計。」

「是的，妳說的沒錯。事實上，他們不是輸給我們，而是輸給了自己。人類權力者在自己體內埋了巨大的炸彈，他們不僅故意無視這個事實，還放任它不斷膨脹。會有這種結果，完全是他們咎由自取。」

薩諾耶夫點頭說道，然後又搖了搖頭。

「不過，就算戰略上輸了，還可以從戰術層面想辦法，接下來他們會動用各式各樣的手段阻止我們。」

「戰略的失敗，無法用戰術彌補。」

「那是當然的，拉碧娜，但是可以拖延時間。不管是魔族或人類的字典，裡面都有『意外』或『奇蹟』這樣的字眼。」

「也都有『垂死掙扎』或『白費力氣』之類的短句呢。」

薩諾耶夫笑了出來。

「我由衷希望他們翻到那一頁。不過，目前他們確實想出了不錯的戰術。」

「您是指勇者計畫嗎？」

「嗯。雖然名字毫無品味，內涵也很俗氣，但至少還算有效。」

勇者計畫——這是人類諸國為了對抗魔王軍的戰略優勢，共同發起的作戰計畫。它的核心其實非常簡單，就是派遣精銳戰術單位，潛入被魔王軍攻陷的領地，消滅該地的魔族指揮官或負責人。一言蔽之，就是斬首計畫。

由於魔王軍的政策方針是地方自治，那些被攻陷的城市為了維持與提升自身的經濟實力，全都選擇了開放策略，也就是允許外人自由進出當地。如此一來，人類諸國的間諜或暗殺者自然也能輕鬆潛入。

勇者計畫是今年開始發動的，執行者包括了軍方與高階冒險者，目前已有數座城市被解放，重新回到人類的掌控。

「我覺得您沒必要擔心。人類會主動對付那些勇者的。」

並非所有人都願意重新回歸人類的統治，至少那些嘗到自治政策甜頭的既得利益者絕對不願意。以巴瑞恩的冒險者公會爲例，彼得之所以敢如此大膽地找外地冒險者麻煩，就是因爲收到了既得利益者的指示與支持。

「我也希望如此，但來自暗處的匕首往往最爲致命。」

「爲您擋那些匕首，正是我的工作。」

魔族跟人類一樣，並非地位越高戰鬥力就越強，有人擅長動腦，有人擅長殺戮，薩諾耶夫屬於前者。他的強項在於營運管理，戰鬥力比一般魔族士兵還低。

「拜託妳了，那些匕首的下個目標恐怕是我。」

「爲何您會如此認爲？」

「這是艾克賽斯大人的判斷。」

薩諾耶夫能感覺到拉碧娜倒吸了一口冷氣。既然是魔王軍的最高智囊所說，那麼就不得不重視了。

薩諾耶夫的目光重新落向窗外風景，艾克賽斯的提醒其實不只如此，但他覺得沒必要全說出來，引起下屬的恐慌。

艾克賽斯認爲那些被奪回的城市其實只是勇者計畫的演練或實驗。如今已經證明勇者計畫有效，人類諸國必定會趁機發動一波大型斬首攻勢，巴瑞恩是沃恩王國的重要經濟動脈之一，被選爲首要打擊目標的機率極高。

「勇者嗎……人類，就讓我看看你們的匕首究竟有多鋒利吧。」

薩諾耶夫對著落地窗低聲呢喃。

◇

懸掛著巨大紅月與璀璨銀河的漆黑夜空中，劃過了兩道亮銀色人影。

「……所以，暫時找不到破局的方法嗎？」

「嗯，只有解放城市，公會才不會繼續打壓外來的冒險者，這才是徹底解決陸劍璃困境的方法。可是光靠她一個人，不可能解放城市。」

「她不是說自己很強，城裡的魔族也不多嗎？衝進城主府裡把魔族統統幹掉就好了嘛。」

「有那麼簡單就好了。而且其實她從沒見過魔族，要是打了才發現贏不了，事情就麻煩了。」

人影一邊飛行一邊交談，由於魔法效果，高空的強風完全影響不了他們的對話。

這兩人正是申尙平與李子璇，今晚他們又被拉入了夢世界。

「拜託你們動作快一點，像現在這樣每晚都要來一次，身體實在受不了。」

「我也沒辦法啊！是說妳這裡的蟲子也太勤勞了吧，每天都鑽出來是怎樣！牠們是蟑螂嗎？」

「因爲就算我們不在，蟲子也會一直入侵嘛！只要陸劍璃那邊的問題解決了，我們就不用這麼累！」

惡夢蠕蟲入侵夢世界的步伐其實從不間斷，只是平時入侵數量不多，唯有惡夢蠕蟲成長至第二形態時，才會大舉呼叫同伴，爲奔月行動作掩護。

由於陸劍璃外洩的精神力太過營養，惡夢蠕蟲幾乎一晚就長到第二形態，以至於申尚平與李子璇天天都被拉進夢世界。

「就說那邊沒這麼容易解決了。難道妳這邊就不能想點辦法嗎？比如先把陸劍璃的破洞補上，或是用魔法暫時讓蟲子不敢靠近她之類的。」

「那很花魔力，我不想把寶貴的魔力用在這種地方。」

「別那麼小氣，爲了大家的睡覺品質，就稍微浪費一下嘛。」

「才不要！說到底，我根本就是被你們牽連的！憑什麼我要額外付出這麼多啊！」

「眞正被牽連的是我吧！我才是最無辜的那一個！」

就在兩人互相推卸責任之際，惡夢蠕蟲開始入侵了。

天空出現大量醜惡身影，因爲吵架而一肚子火的申尚平與李子璇立刻衝向惡夢蠕蟲，用暴力盡情地宣洩怒氣與壓力。沒過多久，惡夢蠕蟲被盡數消滅，就連第二形態也是一露面就慘遭秒殺。

戰鬥結束後，因爲李子璇的魔力存量仍處於安全水準，所以兩人沒有立刻回歸。以往這種時候只要李子璇隨便消耗一些魔力就好，但既然剛才講到魔力的話題，申尚平便趁機提出疑問。

「妳說的魔力到底是什麼東西？跟精神力有關嗎？」

「嗯？不一樣喔。魔力是從精神力中提煉出的東西，就像石油跟汽油一樣。」

「提煉的比例呢？」

「大概十比一吧。」

「用掉的魔力會自己恢復嗎？」

「怎麼可能，又不是玩電動。用了就沒有了，只能重新吸收。」

李子璇能夠吸收被她打倒的惡夢蠕蟲的精神力，她便是如此以戰養戰，慢慢累積自身魔力。正因魔力得來不易，所以她才不想爲了陸劍璃使用，如果對方是無辜路人就算了，陸劍璃可是使徒，為競爭者削弱自己的戰力，那是傻瓜才會做的事。

申尚平也很想使用魔法，可惜他無法吸收惡夢蠕蟲的精神力，只能說李子璇不愧是主角，一身外掛。

接著李子璇開始抱怨自己累積魔力的過程有多辛苦，她初次被拉進夢世界時只有六歲，什麼都不懂。幸好當時惡夢蠕蟲跟現在不一樣，只有巴掌大小，應付起來還算容易。後來隨著李子璇年齡增長，惡夢蠕蟲的體型也越來越大，最終演變成如今這種誇張的尺寸。

「……妳的神還真是體貼，從小就讓妳慢慢練等。」

「體貼個屁！祂害我從小就得了精神創傷！我現在只要看到蟲子，就會下意識地想著怎麼幹掉牠們，踩扁、捏碎、戳洞、火燒、水淹……嗚啊啊啊！煩死了！」

李子璇又露出狂躁的一面，邊用力抓頭邊仰天咆哮，此時的她與其說是魔法少女，不如說是精神失常的女巫。

「也對，六歲就開始是有點過分了。像陸劍璃那樣，十五歲開始就剛剛好。」

陸劍璃十五歲才覺醒前往夾縫世界的能力，根據她的說法，那就像是在玩電玩，進去之後大家都認識她，還會親切地教她各種常識。

「什麼？那個女人竟然十五歲才工作！」

李子璇大叫，雙眼燃起嫉妒的火焰。

「她憑什麼過得這麼爽？我要詛咒她！」

「不，問題出在妳的神吧？陸劍璃那邊──等一下！那個黑色光球是怎麼回事？」

「呼呼呼，這是令人精神衰弱的詛咒。以前我用這招讓班上的討厭鬼無法上學……」

「快住手！別做這麼恐怖的事！妳這樣還算是正義的魔法少女嗎？」

「勝者才有資格自稱正義，所以正義必勝。」

「那是反派的台詞吧！」

李子璇雙手間飄浮著一顆黑色光球，並且擺出了要將它扔出去的架勢，申尚平連忙啪的一聲打掉黑色光球，如果用籃球術語形容，這是一次漂亮的阻攻，也就是俗稱的蓋火鍋。

被拍掉的黑色光球在地上彈了兩下，然後慢慢地滾到一邊不動了。李子璇一臉愕然地看著黑色光球，申尙平以爲她還想撿回來繼續扔，搶先撿起。

「別這樣，遷怒的話就太難看了。而且妳不是說魔力很珍貴嗎？那就別拿魔力做無聊的事。」

李子璇瞪著申尙平，表情像是在看什麼不可思議的東西。

「怎、怎麼了？」

申尙平被李子璇看得有些不安，於是問道。

「……那個，爲什麼你摸得到？」

李子璇指著黑色光球。申尙平低頭看了一下光球，然後用力壓了壓，黑色光球被擠得變形。李子璇見狀，表情變得更加扭曲了。

「怎麼可能啊！」

李子璇一邊大喊一邊把手伸向黑色光球，然而當她的手指一摸到光球，光球便像是洩氣般迅速縮小，轉眼消失。李子璇呆愣地看著自己的手，久久沒有說話。

「怎麼了？那顆光球有什麼問題嗎？」

申尚平有些不安地問道。

「……問題？當然有，而且很大。」

李子璇抬頭看著申尚平，臉孔滿是困惑。

「這個是魔法詛咒耶，為什麼你摸得到啊？它應該是像幻影那樣的東西，看得見，但是摸不到啊？」

「真的假的？那為什麼我摸得到？」

「我怎麼知道！」

「妳再弄一個，我再試一次看看。」

「才不要！那個很耗魔力！」

「那就弄個小一點的。」

基於好奇，李子璇最後還是做了一顆黑色光球，只不過尺寸只有網球大小。申尚平伸手接過，然而他一碰到黑色光球，黑色光球立刻炸開！

這次換申尚平面露茫然，李子璇則突然慌張起來。

「糟糕！詛咒成功了！」

「欸欸欸欸——？」

李子璇連忙放出一顆魔法光球，只不過這次是粉紅色的。粉紅光球一碰到申尚平便炸開，李子璇鬆了一口氣。

「怎麼回事？」

「我驅散了詛咒。」

說完，李子璇狠狠瞪了申尚平一眼。

「你剛剛不是摸得到嗎？怎麼又突然摸不到了？」

「我怎麼知道！」

兩人想不通這到底是怎麼回事，最後申尚平靈光一閃，想到某種可能。

「妳再弄一顆光球，粉紅色的就好。要是用黑色的，炸了又要再驅散一次。」

李子璇依言放出一顆小小的粉紅色光球，這次申尚平成功將它握住了。

「你怎麼做到的？」

李子璇看得目瞪口呆。

「只要想著握住它就好。」

「咦？」

「把它當成握得住的東西，它就握得住。一開始我以爲它是可以摸到的，所以就摸到了。後來聽妳說它應該摸不到，所以我懷疑是不是哪裡有問題，結果就眞的摸不到。」

「這……」

「妳試試看。」

申尚平把光球遞過去，李子璇遲疑了一會兒，然後小心翼翼地觸摸光球。

「……眞的。」

李子璇也摸得到光球了。

「妳說過在夢世界只要想像力足夠，什麼事都做得到吧？這應該也是基於相同原理。」

李子璇就這麼呆愣地看著手中光球，接著她突然把光球握散，吐出一口長氣。

「原來我以前一直誤會了……不對，是因爲太習慣了，所以把很多事想得理所當然……這裡又是一個心想事成的世界……」

申尙平大概猜得出李子璇在感慨什麼。現實世界也有許多類似的例子，因爲已經習慣某種做法，所以想不到其他方式，然而在強調想像力的夢世界裡，「習慣」容易帶來巨大的損失與後患。

「謝謝，我欠你一次。」

李子璇露出笑容，認眞地對申尙平說道。

「可以折現嗎？」

「不行。」

Chapter.4

星期三的早自習，申尙平與陸劍璃一如往常通過女廁傳送到了夾縫世界。

夾縫世界的出入口與現實世界不一樣，它會跟著陸劍璃移動，陸劍璃在哪裡離開夾縫世界，下次就會從原處進入夾縫世界。

正因如此，陸劍璃離開夾縫世界時必須挑選安全的地方，最好的選擇自然是人類城市的旅店。

傳送到位於「金杯藤蔓」六樓的房間後，兩人會分別在房間與廁所換衣服，直接在一樓的酒店大廳買些東西當午餐，然後分頭行動。

艾瑞西亞大陸的飲食文化與現實世界沒有太大不同，料理的外形也差不多，差別只在於食材的顏色。

「你想吃什麼？飯糰？」

「不要，那個又藍又綠的好噁心。我要三明治。」

「不可以歧視料理的外表，味道才是最重要的。」

「那妳選飯糰吧。」

「請給我兩個三明治，謝謝。」

「金杯藤蔓」的酒店大廳有販售三明治、熱狗、飯糰、麵包等方便攜帶的輕食，當然它們在艾瑞西亞大陸有不一樣的名字，但申尚平與陸劍璃習慣用現實世界的名字稱呼它們。

等待料理的空檔，兩人閒聊著。

「要是今天也能遇到高等怪就好了。」

「別太期待，沒有人可以天天在路上撿到錢。」

「可是我連續撿了兩天耶，你不覺得我的運氣開始好轉了嗎？」

「期望靠運氣解決問題，是變成失敗的大人的第一步喔。」

陸劍璃這兩天出城都遇到高階怪物，並且順利用它們充實了自己的錢包，岌岌可危的經濟情況總算緩解，至少不用爲這個月的帳單發愁了。

就在這時，一名旅館侍者突然走了過來，說櫃台收到一封指名要給陸劍璃的信。

陸劍璃有些疑惑地收下了，拆開讀完後，形狀漂亮的眉毛立刻糾結起來。

「怎麼了？」

陸劍璃默默地把信遞給申尙平，申尙平看完後，也跟陸劍璃露出一樣的表情。

這是一封邀請函。

信件的用字遣詞相當客氣，對方似乎仰慕陸劍璃的武勇，所以想見她一面。乍看之下是一封很普通的邀請函，然而信裡有一句令兩人不得不起疑，那句是——「**有望改善您目前所遭遇的不公平待遇**」。

「……妳覺得呢？」

「開啓事件的訊號。」

陸劍璃的形容方式就像是在玩電玩遊戲。

「那妳爲什麼擺出那種表情？」

「你又爲什麼是那種表情？」

兩人對看數秒，然後不約而同地嘆了口氣。

「……如果你之前沒跟我講那些事，我看完信後一定會很高興，因爲總算出現解決問題的線索了。」

「這個世界沒那麼單純。」

「我知道，所以我才煩惱啊。」

經過上次申尚平的分析後，陸劍璃終於理解艾瑞西亞大陸的局勢有多複雜。這與電玩遊戲不一樣，沒有單純明快的故事，沒有激動人心的大義，沒有壁壘分明的善惡。如果繼續用電玩遊戲的眼光看待夾縫世界，總有一天會跌入破滅的深淵。

嚴格地說，其實陸劍璃已經快跌下去了，雖然被申尚平拉了一把，但依然處在搖搖欲墜的危險狀態。

這封邀請函可能是解決陸劍璃麻煩的鑰匙，也可能是把她打入深淵的鐵鎚。

「你覺得我要不要去？」

「當然，我們需要更多情報。」

申尚平雖然看穿了人類與魔族之爭的本質，但這無助於改善陸劍璃的困境，想打破現狀，必須收集更多情報。

就這樣，兩人決定接受邀請。

邀請函指定的日期是今天，地點則是一間私人會所。門口站著一名身穿筆挺制服、體格異常魁梧，神情隱帶傲慢的員工。當陸劍璃出示邀請函後，他的態度頓時變得極有禮貌。

申尚平與陸劍璃被領到一間包廂，包廂內坐著一名灰髮男子。灰髮男子年約四、五十歲，有著圓滾的體型與鬆弛的下巴，由於臉部多肉，眼睛看起來很小，給人彷彿在算計著什麼的感覺。

「歡迎，我叫理查．辛奈爾，巴瑞恩冒險者公會的會長。」

灰髮男子一開口便報出了自己身分，兩人先是吃了一驚，接著便面露警惕。找陸劍璃麻煩的正是冒險者公會，如今對方老大直接現身，不警惕才有鬼。

見到申尚平與陸劍璃的反應，理查開心地笑了起來，不知是故意還是習慣，他笑的時候身體抖動幅度很大，彷彿一顆球在晃動，看起來頗有喜感。

「看來你們已經猜到了一些事。很好、很好，我沒看錯人。」

「你叫我們過來幹嘛？」

陸劍璃語氣冰冷地說道。這間私人會所禁止攜帶武器，陸劍璃的劍在進來時就交給門房保管，否則早就拔劍抵住眼前這個死胖子的脖子了。

「不要緊張。兩位先坐下，我想等一下我們有很多話可以講。要不要來點飲料？也有一千時釀的好酒喔。」

「時釀」指的是運用了時間加速魔法的特殊酒類，當酒儲存在木桶裡時，用魔法調快木桶的時間，就能在短時間內獲得陳年美酒。一千時釀的意思便是加速了一千年，屬於絕對的高級酒。

申尙平與陸劍璃理所當然拒絕了，也沒有入坐的意思。理查不以爲忤，眼見兩人沒有點東西喝的意思，便逕自說了起來。

「陸劍璃，妳出生於首都瑪薩，是總部寄予厚望的天才。但自從來到巴瑞恩後卻事事不順，狩獵成績也大不如前。我原本以爲妳只是溫室的花朵，很快就會枯死，不過妳最近的表現倒是有點意思。」

理查看著陸劍璃，細小的眼睛流露精光。

「妳假裝沒有發現妳那位雇員的小動作，一天一天地減少他的工作量，讓他以爲自己即將走投無路。其實妳私下把大部分魔力精萃交給這位小哥，由他幫妳賣掉，購買情報、採購物資之類的事務也是他在處理。」

申尚平與陸劍璃彼此對看一眼，做好隨時突圍的心理準備。他們沒想到除了那個名叫托比的懶散男人外，對方竟然還安排了其他人監視他們的行動。

「啊，請別誤會。我不是在嘲笑，而是在誇獎你們。能夠發現問題，並且有效地應對，代表你們擁有很不錯的觀察力與判斷力。有些人只會跑去公會大吼大叫，抗議自己遭受不公平的對待，那種笨蛋永遠不可能出人頭地。」

「……你到底想幹嘛？少在那邊拐彎抹角的，講重點！」

陸劍璃一臉不爽地說道。理查露出油膩的笑容。

「我的意思是，你們很優秀，正是我想找的人。我手上有一件非常困難，但報酬非常豐厚的工作，希望你們能接受。」

「不幹。」

陸劍璃想也不想地拒絕了。

「別拒絕得這麼快。聽完說明，你們肯定會改變主意，畢竟這件工作關係到人類的未來。」

申尚平與陸劍璃臉色微變，兩人瞬間意識到什麼。接著理查突然端正了表情，用低沉的聲音說道：

「我想委託你們討伐魔族。」

接著他在申尚平與陸劍璃詫異的目光注視下，說明巴瑞恩的複雜局勢。

目前巴瑞恩的權力階層分裂爲兩個派系：人類派與魔族派。

人類派主要成員是過去的既得利益者，他們希望巴瑞恩回歸沃恩王國的統治；魔族派則是從城市自治的過程中獲得好處的那些人，他們希望巴瑞恩維持現況。由於巴瑞恩目前仍被魔族掌握，因此人類派受到極大的壓制。

理查是首都總部派來的人，理所當然地屬於人類派，而冒險者公會的實權則落到一位名叫彼得的業務部長手上，此人正是魔族派。

爲了確保經濟發展，魔族派不可能封閉巴瑞恩與外界的交流，但他們也同樣提防來自沃恩王國的間諜。魔族派會盯好每一位來自魔族領地以外的外地人，特別是身手不凡的冒險者，因爲他們擁有強大的武力。

魔族派會想辦法讓外地冒險者破產，令他們喪失在人類社會的信用與前途，再假裝好心地伸出援手，讓他們成爲自己的一員。人類派雖有心阻止，無奈資源有限加上勢不如人，所以只能幫助一小部分的人，而陸劍璃正是他們認爲「具有拯救價值的對象」。

「我們希望推翻魔族，讓巴瑞恩重回人類的懷抱。雖然過程非常艱苦，但在我們不懈的努力下，如今終於聚集了足以推翻魔族的戰力。我由衷希望兩位能加入我們，爲解放巴瑞恩、爲拯救人類、爲眞正的正義盡一份心力！」

理查激動地說道，然後一臉期待地看著兩人。

陸劍璃看向申尙平，申尙平則是點了點頭。

「……好吧，我接受你的委託。」

就這樣，申尙平與陸劍璃加入了討伐魔族的隊伍。

當天晚上，申尙平收到了陸劍璃的阿爾法訊息。

「白天的那個，你爲什麼要答應？」

陸劍璃指的那個，正是理查的委託。

同意加入後，理查很高興地請兩人在會所裡住下，直到發動討伐爲止，不僅食宿免費，還可以拿到無法出城狩獵怪物的誤工補償，唯一的要求就是不能離開會所，他們放在「金杯藤蔓」的行李，理查會派人拿過來。

這種情況與軟禁其實沒什麼差別，陸劍璃對此感到相當不滿。

「就算不答應，他們也會想辦法讓妳答應，要是妳堅持不加入，他們可能會讓妳永遠走不出會所。」

申尙平躺在床上打字回覆，然後隨即收到一大堆的「！」。

「從各種跡象看來，他們這些人類派的勢力其實不弱。如果眞的想幫我們，方法有很多，比如溢價收購魔力精萃，或是提供更正確的怪物情報，這些都不用花太多錢。他們明明做得到卻不做，就代表另有企圖。」

陸劍璃回了一大堆的「？」。

「應該是像魔族派一樣，想把人吸收到自己的派系裡吧。差別在於人類派想要裝好人，讓人覺得他們更可靠。妳被打壓的事我猜他們也有份，只是做得比較隱密而已。」

陸劍璃回了一句「卑鄙！」，後面還加了憤怒的表情符號。

「大人的世界就是這麼骯髒，習慣就好。反正妳的目標是打倒魔王，加入人類派不是剛好？」

「……只是覺得過程跟想像的差很多。」

「妳想像的是更傳統的那種吧。」

「嗯。」

陸劍璃期待的，是那種勇者受到神明感召，團結人類一起對抗邪惡的王道故事，而不是像現在這種有著複雜的利益關係與立場糾葛的灰色故事。

「總之，現在這樣也有好處。會所裡的那些人看起來很厲害，有他們幫忙，討伐魔族的難度肯定低很多。」

答應協助討伐魔族的冒險者都被要求住進那間私人會所，以防消息走漏。申尚平與陸劍璃也與那些人見了面，數量大約二十多人，個個看起來身經百戰。理查還透露出他們有好幾個據點，且都藏著同等程度的兵力。

「也對。我還是第一次打魔族，多點幫手比較保險。」

「只是不知道還要等多久，期中考快到了說。」

「不准提考試！」

「……妳該不會都沒複習吧？」

「當然有！只是最近太忙，所以唸書時間少了一點而已。」

兩人的話題不自覺從夾縫世界轉到現實世界，討伐魔族雖然重要，但期中考同樣是強敵。

「等等，我突然想到一件事！既然現在暫時不用砍怪賺錢，那我們在夾縫世界讀書不就行了嗎？」

陸劍璃打出了一長串的「！」。

「在夾縫世界待八小時，現實世界只經過八分鐘。只要在那裡待幾天，就可以徹底複習期中考範圍。」

「……你眞是個天才，就算在異世界也要唸書。」

「因爲我只是配角。比起魔族，我更怕考不及格。」

「……那我也唸一點好了。」

就這樣，兩人講好明天帶筆記去夾縫世界。然而他們的讀書計畫還沒付諸實行就被迫中止，因爲理查突然召集所有人，並宣布今天下午就要進攻城主府！

「我們收到可靠消息，魔族監察官薩諾耶夫身邊的警備力量會變弱，這是解決他的大好機會！」

理查激動地說道，他的雙眼綻放出興奮的光芒。

駐守巴瑞恩的魔族總共有三十七人，為首者是薩諾耶夫，六名文官，另外三十人則是護衛。乍看之下似乎陣容薄弱，然而考慮到魔族遠遠凌駕於人類之上的實力，這個數量用來防衛一個據點已是綽綽有餘。

根據情報，今天下午會有三名魔族文官帶著六名魔族護衛出外辦公，城主府的守備力量直接少了四分之一，於是人類派悍然決定發動突襲。

「今天就是巴瑞恩的解放紀念日！諸位，成為英雄的時間到了！將你們的名字刻在人類的歷史上吧！」

理查如此大喊，其他人也被他的豪語激起雄心壯志，一個個無比興奮。唯獨陸劍璃神色茫然，她才下定決心要好好複習功課，就突然要被拖去大決戰，心情一時調整不過來。

「加油，祝妳武運昌隆。我會在這裡等妳的好消息。」

申尙平同情地對陸劍璃揮了揮手。他不是戰鬥人員，這種場合沒有他出場的餘地。

就這樣，陸劍璃一臉幽怨地跟著眾人出發了，申尙平則留在私人會所。

像申尙平這樣留下來的人還有好幾個，他們都是冒險者隊伍中負責後勤的人。凡是團體行動的冒險者，隊伍一定都會包含這樣的成員，這是因爲魔力精萃難以保存，所有工作都要在一、兩天內完成，導致艾瑞西亞大陸的冒險者無法離開城市太遠，在這種快節奏的工作步調下，專業後勤人員的重要性變得十分明顯。

當然，獨行冒險者不是沒有，但數量極少，要嘛是剛出道的菜鳥，要嘛就是經驗老道的一流高手，當初的陸劍璃自然屬於前者。

這些後勤人員因無事可做，所以聚在一起聊天。申尚平並不準備加入他們，而是打算貫徹自己的讀書計畫，於是他回到房間，拿出筆記開始複習期中考的範圍。

看了幾頁後，申尚平突然打了個大大的哈欠。

因爲最近太累了嗎……

濃濃的睡意湧上心頭，眼皮變得異常沉重。

……算了，先躺一下吧。

反正有八小時，稍微睡一下也無所謂，申尚平心想。於是他爬到床上，沒過多久就沉入夢鄉。

——然後，看見了巨大的紅色月亮。

「咦？」

申尙平錯愕地看著天上的紅月，這時身後響起一道熟悉的聲音。

「你也來了。」

轉頭一看，果然是李子璇。

「爲什麼我會被拉進夢世界？現在還是白天耶？」

「因爲有緊急狀況。有惡夢蠕蟲進化到第二形態了，所以夢世界主動召喚我們。這種事偶爾會發生。」

「還可以這樣……等一下！第二形態？我們不是才剛幹掉一堆嗎？」

申尙平與李子璇最近每天晚上都在打蟲子，昨晚他們也消滅了一大批，按理來說，剛入侵的蟲子不該進化得那麼快才對。

「我也覺得奇怪，可能是陸劍璃又出問題了吧。總之先解決這些蟲子，然後再去她那邊看看狀況。」

李子璇邊說邊變出了扳手與釘槍。

遠方天空冒出陣陣漣漪，惡夢蠕蟲開始大舉入侵夢世界。

◇

陸劍璃跟著眾人一起入侵城主府。

他們乘坐大型魔輪撞破大門，直接從正面發動突擊。城主府的警備系統分爲兩部分，圍牆以外交給人類，圍牆以內則由魔族負責。然而陸劍璃等人入侵時，城主府外的人類士兵完全沒有反應，顯然早就被收買了。

魔族士兵紛紛跑來抵住大門，就在這時，另一群人開始翻牆入侵，這是非常明顯的聲東擊西戰術。

如果從空中俯瞰，可以發現城主府四面全都爆發了戰鬥。

解放部隊超過百人，魔族部隊只有二十四人，雙方人數相差五倍，然而戰況卻陷入膠著。

魔族的戰鬥力遠勝人類——陸劍璃在今天用自己的雙眼確認了這個事實。無論力量、速度、反應或魔力，完全不在同一級別。有些局部戰場甚至出現魔族士兵壓制了解放部隊的現象。

然而，人類之中同樣存在強者。

優秀的天賦加上不懈的鍛鍊，人類一樣有機會獲得不遜於魔族的實力。哪怕這樣的人只有千分之一，甚至是萬分之一，但人類擁有巨大的人口基數，因此人類菁英依舊源源不絕地出現。

解放部隊當然也有這樣的人類菁英，但他們的任務並非對付魔族士兵，而是刺殺坐鎮巴瑞恩的魔王軍最高負責人，監察官薩諾耶夫。

這支精銳部隊趁雙方交戰的混亂局面，成功潛入了城主府內部。他們共有十二人，陸劍璃也在其中。

根據探測魔法與道具的情報反饋，薩諾耶夫正待在辦公室裡，似乎完全不打算撤退到其他地方，顯然自信能迅速平息這場騷亂。

「聽好了，你們這些傢伙別扯後腿，乖乖看老子表演就好！」

前往辦公室的路上，斬首部隊中一名體型魁梧的光頭壯漢喊道。陸劍璃不記得他的名字，但知道此人是六級冒險者，比她高一級。

「自以為是的白痴。」

一名留著灰髮，臉上有著巨大傷疤的男子發出嗤笑。陸劍璃也不記得他的名字，但知道此人同樣是六級冒險者。

除了灰髮傷疤男以外，還有好幾人露出不以為然的表情。另一些人則毫無反應，一臉冷漠地埋頭趕路。

大多高階冒險者對自己的實力抱有相當程度的自信與自傲，因此他們對那些級別與自己差不多的業內人士，懷抱的態度比起合作更傾向於競爭。

至於那些沒有反應的人，言行舉止帶有一種奇妙的紀律感，可以看出他們應該是軍方的人，數目是五。

眾人很快來到城主辦公室，光頭壯漢大喝一聲，一腳踢開厚重的大門。

一名魔族男子坐在辦公桌後方，好整以暇地看著這群入侵者。此人正是薩諾耶夫，雖然坐在椅子上，但將近三公尺的驚人身高令他得以俯視眾人。

「去死！」

光頭壯漢完全不打算說場面話，直接一劍砍了過去。他使用的武器是雙手大劍，當揮出斬擊的瞬間，劍身燃起了紅色的光芒。

薩諾耶夫露出意外的表情，似乎對這一劍的威力感到訝異。然而光頭壯漢卻突然中途收招，並且強行扭轉身體。眾人完全搞不懂光頭壯漢爲什麼突然這麼做，但他們很快知道理由。

光頭壯漢的頭飛了出去。

脫離脖子的首級在空中旋轉，臉上還殘留著驚恐的表情。見到這一幕，眾人背脊瞬間生起一股寒意。

隱形的敵人！

眾人全部擺出防守架勢，但還是有一人——就是那位灰髮傷疤男——的首級接著飛了出去。

雖然轉眼折損兩人，但眾人沒有退縮，立刻展開反擊。

有兩人察覺到隱形敵人行動時引發的氣流變化，一起對某處發起攻擊。有兩人扔出了東西。軍方系統的五人退到牆邊，結成圓陣，一人吟唱咒文，四人負責防守。

發動攻擊的兩人沒有斬中任何東西，就在這時，兩個巴掌大的圓球突然閃入他們的視野，察覺到圓球的眞面目後，兩人立刻倒吸一口冷氣。

下一瞬間，強光與火焰迎面撲來！

那兩個圓球是魔法道具，作用分別是製造強光與爆炸，如果代入到現實世界，就是閃光彈與燃燒彈之流的武器。

這時候扔出這種東西肯定會誤傷友軍，但扔出魔法道具的那兩人其實另有盤算。

他們很清楚己方皆是精銳，而且全穿著高級裝備，區區閃光與爆炸不可能令他們傷亡，但卻可以干擾在場所有人的行動。

「在這裡！」

「找到了！」

伴隨著大喝，扔出魔法道具的那兩人同時發動攻擊，他們的劍刃瞄準了一團狀似人形的火焰聚合體。

然而火人的動作比兩人更快，劍光尚未落下，火人便衝進兩人懷中。下一秒，兩人的身體被轟出一個大洞，那是連內臟與骨頭都被吹飛，毫無挽救餘地的致命攻擊。

這時退到牆邊，被四名同伴保護住的那人終於唱完咒文。

瞬間，雷光轟鳴！

藍紫色的閃電有如怒濤，剎那間覆蓋了前方空間，不只隱形敵人與薩諾耶夫，就連一開始攻擊落空的那兩人也被捲了進去。

就在雷光停止的那一刻，原本護住同伴的四人立刻衝上，趁敵人因電擊而身體麻痺的空檔發動攻擊。

隱形的敵人露出了身形，那是一名紫髮女性魔族。四人尖刀深深刺入她的胸口、腹部、左脅下與右臂。

這五人的配合極爲熟練，顯然經常使用這套戰術，而且總能成功，就連這次也不例外。

然而，成功與勝利有時無法畫上等號。

只見女性魔族突然抓住其中一人手腕，身體猛力一轉，用他當武器把其他人統統打飛，最後女性魔族將此人扔向那位使用雷擊魔法的人，兩人撞成一團。

從破門而入算起，只用了不到十分鐘的時間，斬首部隊近乎全滅。

薩諾耶夫與女性魔族的視線投向大門。

陸劍璃握著劍，臉色鐵青地站著那裡。

◇

「這是什麼鬼啊——？」

眼前的畫面令李子璇忍不住叫了出來。

陸劍璃精神體所在的公寓正被密密麻麻的惡夢蠕蟲包圍，有如一團蟲子組合成的巨大圓球。由於這一幕實在太過詭異，申尚平與李子璇沒有貿然接近，只敢站在遠處觀察情況。

「喂！這是怎麼回事？」申尚平喊道。

「不知道！我也是第一次見到這種東西！」李子璇同樣大喊。

就在這時，圓球的部分表面突然開始蠕動，緊接著蠕動處冒出一道裂口，一隻進化到第二形態的惡夢蠕蟲從裂口中猛然衝出，李子璇見狀立刻追了上去，舉起扳手將牠打爆。

「你讓開一點！我要一口氣幹掉牠們！」

李子璇說完便飛到更高的地方，直到離地數百公尺才停下。

「夢幻武裝、破滅形態！」

李子璇的身體爆發出灼目的粉紅色光芒，天空彷彿出現一顆粉紅色的太陽。她雙手合十，朝天高舉，粉紅色光芒就像有意志的生物般開始扭曲、匯聚與變形，最後化為一柄外形很有魔法少女風格，尺寸卻堪比摩天大樓的粉紅色巨鎚！

「哇靠……」

看到那支誇張到不行的巨鎚，申尚平當場目瞪口呆。

然後，巨鎚落下。

「哇靠靠靠靠靠靠靠靠——！」

驚覺情況不妙的申尚平立刻轉身逃跑，並且成功打破了自己的飛行速度紀錄。

就在巨鎚與蟲球撞擊的瞬間，地面升起一道貫穿天際的巨大光柱。下一秒，毀滅性的暴風以光柱為中心進行環狀擴散，樹木斷折，房屋破碎，大地崩裂，天空震盪，森羅萬象盡皆破滅！

哪怕已經遠離爆炸中心，申尚平仍被這一擊的餘波吹飛足足數公里遠。他一邊感嘆魔法少女不愧是犯規中的犯規級主角，一邊匆匆忙忙地飛回去。

「……這也太誇張了。」

趕回去後，映入申尚平眼中的是一個直徑高達數百公尺的巨大隕石坑。

坑內一切全都化爲塵埃，唯有位於正中心的那棟公寓毫髮無傷，原本包圍公寓的惡夢蠕蟲則消失得一乾二淨。這究竟是怎麼辦到的呢？申尙平百思不得其解，最後只好全部推到魔法頭上。

正當申尙平感慨魔法少女果然是不講道理的存在時，李子璇落到他身旁，然後一臉凝重地指著公寓。

申尙平望向公寓，然後發現整棟公寓都在發出銀色淡光。

「……那是什麼？」

「精神力外洩。那個女人大概是受到了強烈的精神衝擊，導致精神體外殼的破洞變大。現在外洩的精神力多到足以覆蓋公寓，而且濃度也很高，所以才會有那麼多惡夢蠕蟲進化到第二形態。是說她到底在幹嘛？」

「呃，打BOSS？」

「哈啊？」

申尙平簡單說明事情經過，李子璇聽完用力嘖了一聲。

「難怪只有那棟公寓打不壞。她正在另一個世界，所以那個世界系統的概念在保護她，這也是一種概念浸染。」

「爲什麼不是保護陸劍璃本人，而是整棟公寓？」

「我哪知道！問她那邊的神啊！」

「……妳怎麼感覺很煩躁的樣子？」

「怎麼可能不煩躁？你看那邊。」

李子璇指向隕石坑一角，那裡不知何時又冒出了一隻惡夢蠕蟲。申尙平舉起釘槍，但李子璇制止了他。

「仔細看。」

只見惡夢蠕蟲飛向公寓，然後直接趴在公寓的外牆上吸食銀光。沒過多久，惡夢蠕蟲的體型變大了一圈。申尙平見狀不禁嚇一大跳，按照這個速度，惡夢蠕蟲很快就能成長到第二形態。

申尙平用釘槍射殺了蟲子，但沒多久又飛來好幾隻，這樣下去根本沒完沒了。

「怎麼辦？」

「我怎麼知道啊！」

李子璇一臉不爽地打爆蟲子，然後飛向公寓，申尚平見狀急忙跟上，結果令人驚訝的事情發生了。

申尚平成功進入了陸劍璃的房間，李子璇卻進不去，彷彿有層透明牆壁擋住了她。

「怎麼回事？」

「怎麼會這樣？」

兩人注視著彼此，臉上充滿訝異。

「難道是……因爲概念浸染的影響，銀光……也就是在陸劍璃精神力影響範圍內，被視爲另一個世界系統，所以我不能進去……但你是她的配角，所以不受影響……？」

李子璇咬著指甲進行推測，臉上的煩躁之情越發明顯。

「那接下來我該做什麼？」

「不知道啦！外面的蟲子我來擋，你想辦法解決裡面的問題！」

「妳是要我怎麼解決啊！」

「吵死了！」

李子璇果斷地拋下申尙平，跑去對付零星飛來的惡夢蠕蟲。申尙平無奈地來到陸劍璃精神體的床邊，此時的陸劍璃精神體跟之前看到的完全不一樣，全身上下充滿裂痕，大量銀霧從裂痕中冒出。

「……這個用膠帶貼得住嗎？」

申尙平完全不知道該怎麼辦，最後只好試著用手掌壓住裂痕，看能不能堵住銀霧。

就在申尙平接觸到陸劍璃的那一剎那，異變陡生！

他的視野瞬間切換，眼前景象變成完全陌生的場所。那是個裝潢充滿格調，宛如上流人士書房或辦公室的地方。

然而比起靜態場景，更重要的是正在發生的動態事件。

一把短刀正朝著他的脖子砍過來！

◇

陸劍璃的戰鬥次數並不多。

根據冒險者公會的官方數據，一名冒險者從零級爬升到五級，至少須要討伐將近五位數的怪物，平均花費時間大約五年。能夠做到這種地步的冒險者，毫無疑問都是身經百戰之輩。

然而陸劍璃只用了一個月，就成爲五級冒險者。

陸劍璃不像李子璇從小就開始接觸夢世界，而是在高中開學後才獲得進入夾縫世界的能力。她之所以能在短短一個月內升上五級，完全是因爲奇幻之神給她的祝福「勇者」太過強力。

正因如此，與正常的五級冒險者相比，陸劍璃的戰鬥經驗嚴重不足。

從戰鬥爆發到結束的短短數分鐘裡，局勢歷經多次轉折，而陸劍璃的戰鬥意識跟不上這種劇烈變化，所以才會從破門後就一直呆站在原地。

「看來，人類為我準備的刀子沒有那麼銳利。」

看著鐵青著臉站在門口的陸劍璃，薩諾耶夫發出輕笑。

「解決她吧，拉碧娜。」

名叫拉碧娜的女性魔族點了點頭，並在下一秒突然出現在陸劍璃面前，手中短刀直接刺向對方咽喉。此時陸劍璃卻還沉浸於震驚之中，完全來不及反應。

贏了。拉碧娜心想。

——然後，她的短刀落空了。

陸劍璃及時偏頭，驚險地閃過這一刀。拉碧娜雖然驚訝，但身體已反射性變換招式，使出一記側翻旋踢，目標是陸劍璃的脖子。以魔族的肉體力量，這一腳足以令陸劍璃身首分離。

——但是，這一腳也踢空了。

踢空的拉碧娜改以手撐地，利用反作用力使出踢擊，如果沒踢中，右手順勢揮下的短刀將會從視線死角處奪走對手的性命。

——結果，兩段式攻擊也被躲過了。

拉碧娜的攻勢並未就此中斷，反而進一步提升速度，轉眼間連續進攻了七次之多。在旁人眼裡，恐怕只能看到一團正在高速移動的殘影。

——但是，全都被陸劍璃閃過了。

陸劍璃的動作與步法無比粗糙，乍看之下就像是普通人在躲避攻擊，但這種情況才更讓人感到可怕，因爲這代表對方要不是剛接觸武術的天才，就是戰鬥技術遠勝於己，故意戲弄。

拉碧娜認爲是後者。

證據就是，陸劍璃在閃躲時持續呆滯的表情。那心不在焉的模樣，正是完全不把拉碧娜放在眼中的佐證。

這樣一來，陸劍璃剛才的表現也可以解釋了。

陸劍璃的表現太過不可思議，拉碧娜不禁萌生這樣的想法。

因爲對自己的實力有自信，所以不屑圍攻；臉色鐵青地站在門口，是對其他人的無能表現感到傻眼；由於拉碧娜的攻勢應付起來太過輕鬆，所以才會露出呆滯的表情。

「你在看什麼啦——！」

就在這時，陸劍璃表情突然一變，同時發出尖叫。

拉碧娜嚇了一跳，以爲陸劍璃終於要反擊了，連忙向後一躍，瞬間拉開彼此的距離。

然而陸劍璃並沒有攻擊，而是一臉怒容地用左手護住自己的胸口。

「什麼叫我在哪裡！爲什麼你會在我腦袋裡面啊？給我出去！」

「連結？什麼連結？」

「什麼？是我的錯嗎？」

只見陸劍璃站在原地大發脾氣，不斷喊著莫名其妙的話。拉碧娜的表情有些困惑，後方的薩諾耶夫則露出了充滿興趣的表情。

瘋了？演技？還是……不，無所謂。

拉碧娜立刻甩開迷惘，無論對方有何打算，她要做的事都不會改變，那就是保護背後的薩諾耶夫。

如果能用魔法就好了……

拉碧娜雖然表現得像個刺客，但其實也會魔法。嚴格說來，每個魔族都是天生的魔法師，只是後來會根據性格、立場、興趣等情況，走上不同的道路。

要是能使用魔法，拉碧娜有一擊轟碎對方的自信。遺憾的是，她無法一邊跟人近身戰鬥一邊吟唱咒文，「並行思考」是只有四天王等級的魔族強者才會用的奧義。

「煩死了！所以我就說——」

這時陸劍璃突然仰頭大吼，視線出現一瞬的偏移。拉碧娜沒有錯過機會，以閃電般的速度縮短距離，右手短刀直刺陸劍璃臉部！

陸劍璃勉強躲過這一擊，拉碧娜跨步追擊，左肘成功擊中陸劍璃的胸口。這一擊的力量甚至將陸劍璃的胸甲打得凹陷下去。

變弱了……？

拉碧娜敏銳地察覺到對手的變化，反應與動作都比先前遲鈍不少。

雖然不知道理由，但拉碧娜可不會放過這個機會，於是她順勢前衝，短刀斬向陸劍璃的脖子。

就在這時，拉碧娜驚覺陸劍璃右肩微動，於是反射性地矮身下蹲。

下一瞬間，劍光劃過頭頂，削掉了她數根頭髮，緊接著她向後一跳，及時閃過斬向胴體的第二道劍光。

變強了！剛才她在誘敵？不對……

拉碧娜困惑了，對手忽強忽弱的情況令她看不透。

然而接下來發生的事，讓拉碧娜的心跳幾乎爲之凍結。

陸劍璃舉起長劍砍了過來。

——同時，那雙粉色櫻唇竟開始吟唱咒文！

不只拉碧娜，薩諾耶夫也變了臉色。

並行思考——能夠同時施展「武技」與「魔法」的絕頂戰鬥技術。

這人類的實力，是魔界四天王等級！

見短刀朝脖子刺來時，申尙平嚇了一大跳，連忙偏頭閃過這一刀。

閃躲的同時，他眼角餘光也捕捉到襲擊者的身影。那是一位身材高大、容貌美艷、頭上長著犄角，一看就知道不是人類的紫髮女子。仔細一看，一名外形特徵與她相似的男子正站在更後方的辦公桌後。

這時紫髮女子繼續發動攻擊，對方速度實在太快，申尙平完全沒有出聲喝斥對方的時間，只能拚命閃躲。他從未學過武術或格鬥技，完全是憑著反射神經與直覺勉強支撐。

然後，申尙平發現了許多不可思議的事情。

自己的體能比以前好很多。

自己的右手不知爲何握著很重的東西。

自己好像穿著又重又硬的東西，活動起來很不方便。

最重要的是——

為什麼有胸部？而且好大！

正當申尙平爲自己竟長出胸部一事震驚時，一道怒斥聲喚回他的意識。

「你在看什麼啦——！」

那是陸劍璃的聲音。

陸劍璃？妳在哪裡？

申尙平想要轉頭尋找陸劍璃的身影，就在這時，他驚覺身體竟然不受控制了。

「什麼叫我在哪裡！爲什麼你會在我腦袋裡面啊？給我出去！」

欸？欸欸？腦、腦袋裡面？

申尙平聞言不禁一愣，緊接著心中閃過了某種可能性。

……等等，不會吧？難道我們兩個的意識連結了嗎？

「連結？什麼連結？」

我想的東西妳都聽得到嗎？其實——

申尙平迅速說明了夢世界發生的事情，因爲不是用嘴巴，而是用思想，所以情報在眨眼間就傳達完了。

申尙平也知道爲什麼剛才他突然無法自由行動了，因爲這是陸劍璃的身體，不是他的。

至於先前這具身體之所以會受他操控，恐怕是受求生本能驅使，身體想躲避危險，但身爲主人的陸劍璃意識卻毫無作爲，只好暫時接受申尙平的命令。

雖然還有一些說不通的地方，但我只想得到這個解釋……是說妳剛才幹嘛發呆啊？刀子都刺過來了耶？

「什麼？是我的錯嗎？」

陸劍璃惱羞成怒地喊道。

被未曾經歷過的殘酷戰鬥嚇到失神——這種丟臉的事，她絕不會承認。

不，我只是想問，妳那邊眞的沒問題嗎？妳的精神體已經裂得跟拼圖一樣了，這表示妳的精神受到非常劇烈的衝擊。

「煩死了！所以我就說——」

就在這時，拉碧娜突然動了。

暴風般的突擊，短刀朝著陸劍璃的臉孔刺去。

就算與申尙平在心中對罵，陸劍璃仍不忘關注眼前的敵人，她憑己身力量避開這一刀，但馬上挨了一記肘擊，劇痛與衝擊令她的意識出現瞬間的空白，幸好申尙平及時介入，讓她逃過被斬首的命運。

喂！這樣不行啦！妳認眞一點！

囉嗦！場外的給我閉嘴！

或許是危機激發了潛力，陸劍璃無師自通了精神溝通的技巧。

對了，妳不是會魔法嗎？用那個打她啊！

魔法須吟唱咒文！我在吟唱的時候，她就可以趁機殺掉我！

妳唱咒文，她進攻時我幫妳擋。

白痴！那怎麼可——嗯……？嗯嗯？嗯嗯嗯嗯？

陸劍璃本想嗤笑申尙平異想天開，但仔細一想，發現似乎不是不可能。她曾聽說過這個世界上有一種可以同時使用劍技與魔法的傳說級技巧。

等、等等！如果是這樣的話，我負責唱咒文，你負責攻擊！

欸？攻擊？我又不會用劍。

不管啦！總之試試看再說！

……失敗了可別怪我。

於是陸劍璃解開身體的掌控權，將精神集中在吟唱咒文之上，申尙平則操控著陸劍璃的身體舉劍砍向敵人。

飛舞的劍光中，低沉的吟誦聲在室內迴響。

「自太古存續至今，在至高之地飄渺悠蕩的十二精靈，遵循神聖的契約，請聆聽吾之祈願。吾乃立約者，吾乃守誓者，吾乃成就者。三印，純潔的歌吟；五結，眞實的禮讚；七環，天地的頌詩……」

目睹這一幕的拉碧娜與薩諾耶夫，驚訝到眼睛差點掉出來。

不久之後，巴瑞恩城主府一角發生了巨大的爆炸。

◇

彼得狼狽地躺在地上。

擔任巴瑞恩冒險者公會業務部長一職的他，在這兩年內堪稱權勢滔天。由於魔族的城市自治政策，有辦法調動冒險者的他等於掌握了城內的高端武力，因此不論走到哪裡都有人奉承巴結。

然而那樣的日子已經過去，如今的他滿臉鮮血，頭髮散亂，原本光鮮亮麗的衣服被撕破，雙手雙腳全都骨折。

彼得旁邊跪著一名青年，那是他的侄子托比。

「眞是淒慘啊，彼得。」

理查坐在椅子上，一臉得意地俯視這名曾經架空他的對手。過去兩年間嘗過的屈辱湧上心頭，並在這一刻化爲復仇的佳釀，令他身心備感滿足。

「……那個誰？你幹得不錯，這次就饒過你吧。」

「謝謝！謝謝！多謝辛奈爾大人！不愧是會長，器量恢宏！跟您比起來，這個人簡直就像個垃圾！」

托比用力磕頭道謝，然後對躺在一旁的親叔叔吐了一口口水。彼得表情猙獰地瞪著侄子，他很想破口大罵，但牙齒幾乎全被打斷，所以只能發出嗚嗚嗚的聲音。

由於沃恩王國精心策劃的斬首行動，統治巴瑞恩的魔族在不久前被趕走了。魔族一走，那些仰賴魔族攫取權力的新興統治階級自然惶恐不安，深怕遭到肅清，他們不是逃離巴瑞恩，就是向王國軍跪地求饒。

彼得選擇前者，卻在逃離的前一刻被托比騙了過來。此時的他比起理查，更恨這個背叛了自己的侄子。

「垃圾嗎？說得好。那麼你覺得，我們應該怎麼對待垃圾呢？」

「咦？這、這個……」

理查伸手從懷中取出一把匕首，扔到托比面前。

「垃圾就該回垃圾應去的地方，比如埋掉或燒掉，你認爲呢？」

托比聽懂了理查的暗示，看著地上的匕首瑟瑟發抖。彼得驚恐地看著理查，他還以爲對方只是想狠狠教訓一下自己，沒想到竟然是要自己的命！

「如果你做不到，你也只是個垃圾而已。」

理查冷笑著說道。這句話令托比下定了決心，他的表情由原本的掙扎變爲冷酷，撿起匕首走到彼得旁邊。他無視叔叔哀求的眼神，用顫抖的雙手握緊匕首，然後咬牙閉眼用力往下一刺。

鋒利的刀刃一口氣貫穿了心臟，這位在巴瑞恩曾權傾一時的男人，就這麼死在自己的侄子手中。

「很好，我喜歡聰明人。聰明人值得交付更多的工作。」

托比鬆開匕首大口喘氣，他的表情像是在哭，又像是在笑。他知道自己今天終於可以活著走出這裡，前途也有了保障，代價則是叔叔的性命。

「今後，你的工作就是當陸劍璃的隨從。」

理查笑著說道，聽到命令的托比一臉茫然。

「不准像以前一樣偷懶，要認真工作，搏取她的信任。然後，把她的行動詳細地報告給我。她見了什麼人、說了什麼話、買了什麼東西，這些我全都要知道。就算她離開巴瑞恩，你也要想辦法讓她帶你一起走。如果做不到，我會送你去跟你的叔叔作伴。」

理查每說一句，托比的臉色就越難看一分。

「可、可是，她已經有隨從了……」

「我會把那個隨從趕走，然後就看你的本事了。」

理查的笑容變得殘酷。

斬首小隊全軍覆沒，只有陸劍璃一人回來，這充分證明了陸劍璃的價值。如今她已經進入高層視野，有望在王國軍大力推動的勇者計畫中佔據前列席次。

理查打算在其他人插手前搶先投資陸劍璃，因此那個隨從的存在變得很礙眼。

那個隨從太過精明，因為他，陸劍璃才能脫離債務地獄。反過來說，只要排除那個隨從，陸劍璃就容易再次落入陷阱，到時他再出面施恩，好獲得陸劍璃的信賴與感激。

趕走隨從的方法多的是，不管是合法或非法的手段。

「加油，別讓我失望，托皮。」

理查用溫和的語氣說道，然而眼中的冷光尖銳依舊。

托比不敢糾正對方唸錯了自己的名字，只是一邊顫抖著身體，一邊深深地低下頭。

◇

人類窮盡一切手段也無法觀測到的虛空深處，飄浮著一座宏偉的建築物。

建築物外觀彷彿連接好幾個蜂巢，然而在巢群中穿梭的不是蜂群，而是無數蟲子。

這些巢群極其巨大，就算最小的也堪比月球，當它們全部連結在一起，那種壓倒性的量感實非筆墨能夠形容。

在最大的巢群內部有一個被稱爲「王之室」的空間，數個充滿恐怖氣息的巨大黑影正聚集於此。

牠們不是人類，溝通方式並非通過語言，而是精神波。

「下一個議題是關於4637號夢世界。那邊好像發生了有趣的事，很多蠕蟲都被召喚過去了。」

「我也聽說了，據說是發現了優質營養源。有一百隻以上的蠕蟲在極短時間內進化成第二形態。」

「喔，那麼那個世界肯定已經開始巢化了吧，爲什麼我這邊沒有收到消息？」

「不，牠們好像被消滅了。」

「消滅？」

「對，一百隻以上的第二形態，還有被第二形態召喚過去、總數超過一千隻的第一形態。」

王之室的氣氛開始出現騷動。就算牠們擁有近乎無窮的蠕蟲大軍，這樣的損失依然不容小覷。以人類角度，第二形態的惡夢蠕蟲相當於一支軍團，因爲牠們除了可以入侵現實世界，還具備產卵能力，只要給牠們足夠的時間，就能用無盡蟲海淹沒敵人。

「對，我後來調查了一下，4637號夢世界似乎很不簡單。在三千六百一十四個時間單位，我們折損在那裡的第二形態已經超過了五百隻。」

「三千六百一十四個時間單位……五百隻……！」

「豈有此理……！」

怪物們震驚了。

事實上，消滅五百隻第二形態對這些怪物來說不是什麼難事，牠們驚訝的是「三千六百一十四個時間單位」這件事。以人類的角度，這段時間大約是十年左右。

「也就是說，4637號夢世界有能阻擋我們入侵的文明？」

「三千六百一十四個時間單位……防守了這麼久還能不出紕漏，看來是強敵啊。」

「而且那裡還突然出現優質的營養源……難道是發明了新技術或發現了新能源？」

「呵，看來值得我等出手的世界又多了一個。」

「不好意思，我那邊正在忙。」

「啊，我也是。」

「其實我也……」

「哎呀，你們也一樣嗎？」

環顧一圈，怪物們發現竟然沒人有空去對付4637號夢世界。

「……反正都已經拖了三千多個時間單位了，再拖久一點也沒關係吧？」

「贊成。我那邊眞的很忙。」

「我也是。就讓那個世界多活一點時間吧，這也是一種慈悲。」

「可是第二形態的折損……嘛，算了，反正只是第二形態。」

「才折損五百隻而已，等到五千隻再說吧。」

「不，那個再怎麼說也太多了吧？」

怪物們哈哈大笑，王之室的氣氛頓時輕鬆起來。

「好了，4637號夢世界的事定案。下一個議題。」

……就這樣，由於不明怪物們的怠惰與不負責任，地球暫時安全。

◇

申尙平躺在租屋處的床上滑手機，今天是星期天，床頭前的鬧鐘顯示此刻時間是上午十一點。由於剛睡醒，俊美的容貌看起來極爲慵懶。

好久沒有這麼輕鬆的時光了。申尙平暗暗感嘆。

幫助陸劍璃趕走魔族、成功收復巴瑞恩後，申尙平總算迎來期待已久的平靜生活。

在那之後，陸劍璃獲得了鉅額報酬，一口氣還清貸款。申尙平再也不用天天跟她一起進去夾縫世界煩惱如何賺錢。如今的陸劍璃無債一身輕，心靈重新恢復穩定，精神體的裂痕自然也跟著消失。

陸劍璃的經濟狀況好轉，便意味著惡夢蠕蟲失去優質的食物來源，侵略頻率大幅下降，單靠李子璇一人就足以應付，申尙平再也不會一閉眼就被拉進夢世界。

兩個大麻煩同時解決，申尙平的生活作息終於恢復正常，從此不用每天早上去夾縫世界工作八小時，晚上再去夢世界殺蟲了。

如果說還有什麼遺憾，那就是下週要期中考了。他本來打算利用時間流速的差異，在夾縫世界好好複習考試範圍，結果陸劍璃的問題突然被搞定，溫書計畫因此泡湯。

其實申尚平事後也對陸劍璃提出請求，想去夾縫世界專心唸幾天書，結果陸劍璃很生氣地拒絕了。

「小氣，都幫妳趕走魔族了，讓我唸幾天書又不會怎麼樣。」

「我又沒有求你幫我！」

雖然乍聽之下有過河拆橋之嫌，但陸劍璃說的是事實，她並沒有拜託申尚平，是申尚平主動湊上去幫忙。陸劍璃解決經濟危機，申尚平得到平穩的睡眠，兩邊都獲得了好處，誰也不欠誰。

申尚平沒有再纏著陸劍璃，只是感嘆對方太不懂得人情世故，遲早又會在夾縫世界大跌一跤。

不過情況似乎與申尚平預料的相反，陸劍璃目前混得風生水起。

「我被沃恩王國授予勇者稱號了！不過為什麼是第三百一十七號？勇者原來可以有

那麼多嗎？」

「當勇者的好處超多的！每個月都有補助金！買什麼東西都有打折！不管去哪裡住宿都免費！還可以超低利率貸款！我買了魔輪喔，還加裝魔力精萃保存裝置！」

「有人自願當我的隨從耶！你還記得托比嗎？就是之前我僱用的那個人。本來不想理他，可是看在他當眾下跪哭著道歉的份上，我決定再給他一次機會。他現在工作得非常認眞喔！」

「獲得同伴了！有人聽說了我的事蹟，自己跑來加入我！有三個人喔！戰士，治癒師跟魔法師！勇戰僧魔的經典組合！我們現在砍怪賺錢的速度超快的！」

陸劍璃每天都會發訊息跟申尙平炫耀近況，看來她正一步步朝著打倒魔王的遠大目標堅實地邁進。

除了陸劍璃，李子璇也有發訊息給他。

「我昨晚被拉進夢世界了，蟲子突然變得很少，好不習慣。話說你怎麼沒來？」

看到這個訊息，申尙平懷疑她是不是最近殺蟲殺得太多，腦子被蟲渣塞住了。

既然陸劍璃的精神體已經痊癒，惡夢蠕蟲的入侵數量與進化速度自然會恢復正常，夢世界也就沒有把申尙平硬拉過去當免費勞工的理由。當然，也可能是李子璇對最近的升級速度相當滿意，所以壓根忘了這件事。

李子璇每打倒一隻惡夢蠕蟲，就可以吸收對方一部分力量，所以她這陣子雖然累得要命，但力量也獲得了大幅度提升。光是這幾天吸收到的，就足以匹敵她十年來的奮戰所得，簡直稱得上一夜暴富。

看完陸劍璃與李子璇的訊息，申尙平繼續看其他未讀訊息，大多是家人發來的，其次是打工的群組訊息。

看完所有訊息後，申尙平放下手機，雙眼凝視虛空。

如果用通俗一點的說法，就是在發呆。

房間裡很安靜，只聽得到冷氣機運轉的聲音。

透過窗外照進來的陽光，可以看見飄浮於空氣中的細小微塵。

安詳。

悠閒。

輕鬆。

申尚平已經好久沒有沉浸在如此安逸的氛圍中了。

明明只忙碌了兩個星期，卻有種已經辛苦一整年的錯覺。這段日子每天都過著像是被某種東西追趕的生活，如今苦難總算結束了。

所以，申尚平的配角生涯也將畫上句號。

配角的任務就是推動劇情，讓主角獲得發光發熱的機會。

當主角在舞台上閃耀時，配角必須默默走下舞台，讓下一個配角接替工作，為主角創造下一個發光發熱的機會。

申尚平的任務已經結束了。

陸劍璃成為勇者，李子璇火箭升級，結果無論怎麼看都不算差。申尚平漂亮地完成了配角的工作，為主角的成長做出巨大的貢獻。

這段日子的經歷還算有趣，但他絕對不想再來一遍。他付出了大量的勞力、心血與時間，但最後什麼都沒得到。沒有金錢或物質上的報酬，也沒有精神或心靈上的收穫，這些經歷甚至沒辦法拿去炫耀。陸劍璃與李子璇都得到滿滿的好處，唯有他收獲滿滿的空虛。

幸好一切都結束了。

「……幻想戰爭什麼的，去死吧。」

申尚平輕聲呢喃。

在名為現實的舞台上，人人都是主角，但人人也都是配角。

在自己的人生中，自己是理所當然的主角；在他人的人生中，自己是理所當然的配角。

如今申尚平已經從他人的人生中脫離，卸下了配角的工作。那麼，也該是時候做回自己人生的主角了。

「好，讀書吧！」

於是申尚平坐到書桌前，開始準備下週的期中考。

時間是同一個星期天，地點是某間連鎖咖啡店。

就在申尙平用功唸書時，陸劍璃與李子璇相約在外面見面。

陸劍璃穿著淺藍色上衣與白色A字裙，整個人散發出優雅的氣質。李子璇身穿黑色無袖上衣與短褲，走的是帥氣路線。由於兩人容貌出眾，其他桌的男性客人不時朝她們投以灼熱的視線。

兩人對彼此都不熟悉，雙方唯一的交集點就是申尙平，這次私下相約見面，自然也與申尙平有關。

「妳也這麼覺得嗎？」

「嗯，那傢伙絕對很奇怪！」

「沒錯，不管怎麼想都太誇張了。正常人才辦不到那種事！」

「我都快搞不清楚誰是主角了！」

雖然不熟，此時的陸劍璃與李子璇卻聊得很愉快，甚至可以說有些激動。

「那傢伙說自己沒學過格鬥技或護身術，卻可以跟魔族軍人打得不相上下！而且還是一次打兩個！對方可是專業的耶！」

陸劍璃說的正是收復巴瑞恩的那場戰役。

當時陸劍璃的意識負責吟唱咒文，申尙平則操控她的身體對抗敵人。魔族護衛官拉碧娜很快就落入下風，魔族監察官薩諾耶夫眼見情況不妙，跟著加入戰鬥，以二敵一，雙方勉強打成平手。

後來薩諾耶夫覺得再打下去勝算不高，於是下令撤退，帶著殘存的魔族逃離巴瑞恩。陸劍璃一戰成名，被大家視爲解放巴瑞恩的英雄，沃恩王國也立刻爲她送上了勇者的頭銜。

陸劍璃一開始還沒有感覺，事後仔細回想，她才發現申尙平的表現強得有點離譜。

陸劍璃對自己的身體能力很有信心，雖然進入夾縫世界僅僅一年，但與生俱來的才能與資質，令她得到了足以媲美他人鍛鍊多年的成就。單論肉體強度，陸劍璃有自信不會輸給魔族。

然而所謂戰鬥，不是身體能力強的一方就會贏。

技術、經驗、膽識、悟性、決斷力、意志力……這些內在能力同樣可以左右勝負，就某方面來說，它們甚至比身體能力更重要。

若是用比較現代的方式加以形容，身體能力就是硬體，內在能力則是軟體。

陸劍璃就是因爲軟體實力不足，才會在面對拉碧娜時無法發揮出硬體的全力。等申尚平代替陸劍璃成爲軟體，戰局立刻被扭轉了。

換言之，申尚平的軟體能力更勝陸劍璃。

「他在夢世界也很誇張！不但一下子就學會怎麼飛，還飛得比我更快更靈活！夢世界魔法的本質也一樣很快就領悟了，甚至還可以潛入妳的意識，控制妳的身體，那個連我都不會！」

比起只在夾縫世界待了一年的陸劍璃，已經在夢世界奮戰十年的李子璇更能體會申尚平的異常。

李子璇從六歲起就一直在思考、練習與實驗魔法，然而申尚平進入夢世界還不到一個月，卻表現得比自己更像魔法少女。

「申尚平眞的只是配角嗎？我怎麼看都覺得他應該是使徒，不管是臉或能力。」

李子璇邊說邊用吸管戳著杯裡的冰塊。

「他沒有在六歲的時候覺醒，那就絕對不可能是使徒。這是那些神制定的規則。」

陸劍璃搖頭否定。雖然她也曾有過類似懷疑，但規則明擺在那裡，要是有神企圖作弊，其他神絕不會坐視不管。

「可是這個配角的才能未免太誇張了，都已經接近主角等級。」

「……不，倒也不是不可能。」

陸劍璃猶豫了一下，然後說道：

「嚴格說來，配角也分成很多種。有一種配角確實跟主角一樣強，還有一種甚至比主角更強。」

「哪有那種配角……等等，妳是指『宿敵』跟『老師』？」

所謂宿敵，是少年漫畫經常出現的配角類型。它站在主角的對立面，但不一定是反派，有時甚至還會與主角並肩作戰。至於老師就更容易理解了，它的工作就是幫助主角成長。

宿敵也好，老師也好，兩者都是戲分極重的配角，甚至可能演變成被讀者戲稱爲「第二主角」或「影之主角」的重量級角色，這在許多故事裡都有先例。

「也對，如果是宿敵或老師，就可以解釋申尙平爲什麼會有那麼誇張的才能。」

李子璇認同地點了點頭。要當主角的對手或指導者，沒有那樣的實力可不行。

「不過，如果申尙平眞的是那麼重要的配角，以後肯定還會跟我們扯上關係。」

「那當然。可是這樣一來，會出現一個很嚴重的問題。」

「什麼問題？」

「就是『申尙平同時擔任我們兩人的配角』這件事。」

「妳還在在意這個啊？規則又沒說不行。把它當作是上面經費不足，所以一人演出多角不就好了。」

關於這件事，陸劍璃與李子璇想破腦袋也想不出理由，最後只能強行解釋。既然神什麼都沒說，那她們也沒必要一直糾結於此。

「我的意思是……」

陸劍璃突然壓低聲音說道：

「——如果，申尙平不只是我們的配角呢？」

「欸？」

李子璇的表情凍結了。

「既然已經橫跨兩個世界系統，爲什麼不能跨第三個，甚至是第四個？」

「這……有可能嗎……」

「我不確定，但機率不一定是零。如果申尙平又跨去其他世界系統，他還有時間協助我們嗎？」

李子璇腦中立刻浮現具體畫面：自己的宿敵因爲要趕場，所以打到一半就跑掉了……自己的老師因爲沒空，所以乾脆直接蹺班不教了……

「……的確是很嚴重的問題。」

李子璇一臉嚴肅地說道。陸劍璃也露出同樣表情用力點頭。

「對吧？所以我們必須想辦法讓申尚平站在我們這邊。這樣一來，就算他真的跨去其他世界系統，也願意把大部分的時間花在我們身上。」

「僱用他？」

「用金錢維繫的關係不可靠。」

「打感情牌？可是要怎麼做？」

「我也不知道，所以才想問妳。」

兩人互相對視，場面頓時陷入沉默。

過了不久，兩人不知想到什麼，臉頰漸漸變紅。

「……我、我回去認真想一想。」

「啊、啊啊！我也是！」

陸劍璃與李子璇同時慌張地站了起來，匆匆結束聚會。

◇

「所以，你到底跟誰交往？」

午休時間，江孝維突然久違地說出了讓人摸不著頭緒的蠢話。

「啊？」

申尚平一臉困惑地反問道。

「你之前不是有跟女生約會嗎？而且還一次兩個。」

「兩個？」

「就是李子璇跟陸劍璃啊。別裝了，消息已經傳開了。」

「哈啊？」

申尚平完全搞不懂對方究竟在說什麼。這時江孝維突然拿出手機滑了幾下，然後推給申尚平。

手機正在播放一支影片，看起來像是偷拍，地點是咖啡店，主角是一男兩女，雖然距離太遠看不清楚，但依稀能看出影片中的男生是申尙平，女生是李子璇與陸劍璃。

申尙平立刻知道這是怎麼回事了。兩週前，夢世界突然出現異常，惡夢蠕蟲數量暴增，而且進化速度奇快，後來查出原因出在陸劍璃的精神體破裂，於是申尙平與李子璇約了陸劍璃出來，將此事轉告給她。

這支影片拍下了那天的聚會，申尙平沒想到竟會有人躲在一旁偷拍。

就在申尙平感嘆這個社會越來越沒有個人隱私時，影片裡響起斷斷續續的爭執聲。

「——你究竟是站在哪一邊的？」

「——你要選她還是選我？」

「——尚平是我的！」

「——是我的才對！」

申尙平瞪大眼睛，露出驚駭的表情。

他們的確發生了爭執，但影片裡的內容跟當時的情況差太多了。

影片的內容只有短短數十秒，很快播放完畢。申尙平連忙倒回重看一次，他懷疑有人惡意剪輯，但反覆看了數遍，都沒找到剪輯的痕跡。

就在這時，他的腦海閃過一道靈光。

概念浸染！

凡是有關幻想戰爭的情報，都會被使徒所屬的世界系統遮蔽掉，因此使徒所說的話，在旁人耳中會變成截然不同的東西。

這支偷拍影片顯然受到概念浸染的影響，把當時的爭執內容變成了兩女爭奪一男的愛情連續劇。

見申尚平一臉動搖，江孝維忍不住倒抽一口冷氣。

「看你的表情，所以傳聞是真的了？你腳踏兩條船的事被發現，最後你們在店裡談判，她們要你在兩人之間選一個？」

「……如果我說這是假的，你信嗎？」

申尚平抬頭看向江孝維，語氣嚴肅地說道。

「不信。」

江孝維同樣看著申尙平，語氣嚴肅地說道。

申尙平立刻轉頭看向身後，只見許多人迅速轉頭，裝作什麼事都沒有。申尙平眼角抽搐，難怪從早上開始，他就感覺一直有奇怪的目光停留在自己身上，原本以爲是錯覺，結果竟是這麼一回事。

至於另外兩位當事人？陸劍璃正趴在桌上睡覺，補充早上在夾縫世界奮戰所消耗掉的體力。李子璇則是獨自吃著便當，看起來還不知道這件事。

要是被她們兩個看見這支影片，自己的小命只怕難保……想到這裡，申尙平忍不住深深嘆了一口氣。

即使配角生涯已經畫下句點，申尙平的苦難仍未結束……

《最強配角傳說 1》完

後記

好久不見，我是目前正陷入中年危機，每天都在跟體重數字與存摺數字奮戰的小說作家天罪。

感謝魔豆文化的賞識與夜風大師的協助，本作總算得以問世。

關於書名，其實當初還有「史上最強主角教室」、「這個配角不簡單」、「配角眞命苦」等備選，不過最後還是選了一個比較正常的（笑）

另外關於本作男主角的名字，其實是基於「躺平＝身尙平＝申尙平」這個概念而取的。

雖然很想躺平，卻不斷地被捲進各種奇怪的事件……這樣的情節乍看之下是不是很眼熟呢？

眼熟是肯定的，因爲大家都在經歷跟申尙平一樣的事。

雖然很想躺平，但還是要上學。

雖然很想躺平，但還是要上班。

雖然很想躺平，但還是要做家務。

雖然很想躺平，但還是要照顧家人。

正因爲人生總是充滿無奈，所以我才會喜歡寫些風格輕鬆、能讓人會心一笑的小說，好讓大家能暫時忘記現實的煩惱。

最後，請大家多多支持《最強配角傳說》了～

天罪

最強配角傳說

下集預告

我叫洪虎印，風河市三峰國中畢業。目標是稱霸全市高中，以後這班我罩了！如果碰到找碴的傢伙，不管對方是校內的或校外的都無所謂，儘管報我名字！

我叫白無霜，楓橋市月壽國中畢業，古武術天荒神殺流第十四代傳人，興趣是修行與決鬥。對自己力量有自信的人，歡迎來找我挑戰！

我是司馬幽蘭，碧京市丹瑞高中國中部畢業。我想這裡應該沒人無知到沒聽過司馬家的名字吧？

哦呵呵呵呵呵呵——！

庇護平民是貴族的責任，直到畢業之前，我都會保證你們的安泰。

新主角！
新故事！
新事件！

請看申尚平如何不負最強配角之名，穿梭各大片場，一人多工，履行職責！

華麗又鹹魚的新世紀配角，今天也要重磅出擊☆

!!

◎下集．二〇二五秋季敬請期待！

國家圖書館出版品預行編目資料

最強配角傳說 / 天罪 著.——初版.——台北市：魔豆文化出版：蓋亞文化發行，2025.07
冊；　公分.（Fresh；FS239）
ISBN　978-626-7542-22-4（第1冊：平裝）

863.57　　114008135

fresh FS239

最強配角傳說 1

作　　者　天罪
插　　畫　夜風
封面設計　黃宇謙
責任編輯　林珮緹
總 編 輯　黃致雲
發 行 人　陳常智
出 版 社　魔豆文化有限公司
發　　行　蓋亞文化有限公司
地址：台北市103承德路二段75巷35號1樓
電話：02-2558-5438　　傳真：02-2558-5439
電子信箱：gaea@gaeabooks.com.tw
投稿信箱：editor@gaeabooks.com.tw
郵撥帳號 19769541　戶名：蓋亞文化有限公司
法律顧問　宇達經貿法律事務所
總 經 銷　聯合發行股份有限公司
地址：新北市新店區寶橋路二三五巷六弄六號二樓
電話：02-2917-8022　　傳真：02-2915-6275
港澳地區　一代匯集
地址：九龍旺角塘尾道64號龍駒企業大廈10樓B&D室
電話：+852-2783-8102　　傳真：+852-2396-0050
初版一刷　2025年 07月
定　　價　新台幣 290 元
Published and printed in Taiwan

ISBN 978-626-7542-22-4

魔豆

魔豆